仲尼 著

谢谢你曾来过我的世界

Thank you for passing by my world

中國華僑出版社

谢谢你曾来过我的世界

目录

Contents

Chapter1

谢谢你
曾来过我的世界

每一个离别，都可能是最后一次相见，每一个安然离去的背影，都可能是你我故事里最后的画面……只是那时我们都没发现。
并不一定每一个相遇都是久别重逢。
但你若珍惜，请把每一个久别重逢，都当作初识的相遇。

Chapter2

这辈子
有你活在我心上

有些人适合陪伴在身边，一起厮守年华；有些人适合活在心里，时刻回想，都能温暖时光、惊艳回忆。
再理智，决定权都不在我们手里。

Chapter3

时光对我
最好的陪伴

每一段感情曾经犯下的错，都会希望在下一个人身上寻求救赎，所以往往她教会了你珍惜，你却以之相伴他人；你教会了他爱情，他却与另一个人共度余生，这就是成长，没有公不公平，无须心怀不甘，每个人都一样。
也许有一天，我们会变成永不闪烁的头像，静静地躺在彼此的通讯录里。别难过，这是岁月对你、对我、对那段相互陪伴的人生最安静、最平和的留念。

Chapter4

世界这么大，我们或许擦肩而过

爱和信任，靠手段和花招是骗不来的，只有付诸真诚才能得以回报。在这方面，这世上没有谁是傻子，也没有谁特别聪明。

Chapter5

你还没来，我怎敢离开

即便我们都知道眼前不是长久之计，即便焦急，即使无奈，可仍看不到将来在哪里，只好得过且过。于是一年一年，一不小心青春就再也找不到痕迹了。

我们时常误以为此刻的现状都是自己的选择，其实那只是困境中一再妥协的结局，是注定，谁也逃不掉。

有时候走下去不为到终点，

也不为能走得更远，

只是因为我们都没得选。

Chapter1

谢谢你
曾来过我的世界

每一个离别，都可能是最后一次相见，
每一个安然离去的背影，都可能是你我故事里最后的画面……
只是那时我们都没发现。

并不一定每一个相遇都是久别重逢。
但你若珍惜，请把每一个久别重逢，都当作初识的相遇。

100个鸡翅的生死情结

我轻轻地抱着仲嵚的骨灰，穿过了都市，攀上了山头，亲手把他放进了寺庙的灵柩里，那里鸟语花香，佛音萦绕，不必为毒品苦恼，不必承受亲友的嫌弃，历尽了一世沧桑磨难，他终于可以安心地睡去。

— 1 —

我阿哥叫仲嵚，与我同母异父，属虎。

在我3岁那年，仲嵚被老妈安排去外地当兵，那时的我年纪太小，记忆模糊。我对他真正开始有印象是5岁那年，他退伍回家，那一年仲嵚19岁。

当年的他好像永远都只穿那一套衣服，紧身牛仔裤，白色乔丹鞋，贴身背心外搭真皮夹克，头发必须是当年最流行的李克勤的发型，配上一张和谢霆锋80%相似的脸，一米八的个头，愣是帅出了一种谐星的气质。

据说那个时候他但凡在夜店跳起霹雳舞，在场的妹子无不目瞪口呆被他的帅气所折服，当然至今我是没有见过他风靡全场的样子，只记得那些年头不管天气冷热，他总是戴着一副带铆钉的手套出门，吃饭抽烟也不拿下来，经常不小心扎到自己，平时说话开口就是闽南语的脏话，每讲五句话必带“YOYO”，冲个厕所都能不小心露出迈克尔·杰克逊开演唱会的表情，舞王范十足。

在我最初的印象中，仲嵚很有钱，非常有钱，而且不是家里给的钱。当时我们住的是独栋的三层别墅，他的房间在二楼，我隐约能记得，他经常偷偷地提着一塑料袋一塑料袋的现金，也不整理，就那么扔到床下，一米八宽的双人床下，满满都是一袋一袋的百元大钞。

那年头做工地的大老板还在用BP机，了不起的拿个大哥大，仲嵚已经用上了摩托罗拉的月牙形滑盖手机，走到哪儿都必须把手机往桌上一拍，自以为无限拉风，土豪气质彰显无遗。

曾经有一天，保姆阿姨接我从幼儿园回家，仲嵚无聊地翻看我的书包，看到了我在班里画的画，画的是一个人在一堆椭圆形的圈圈里面游泳，他就问我：“仲尼，你画的这是什么？”

我：“这是我的梦想。”

仲嵚：“你的梦想不会是想学游泳那么没出息吧？”

我鄙夷地看着他：“当然不是。”

我指着我画里面的小人说：“这个人就是我啊！然后旁边这些就是肯德基的鸡翅啦！我的梦想是有一天我可以买很多很多的鸡翅，多到可以在里面游泳，然后我就这样一直吃一直吃。”

那一刻仲嵚看着我，露出一个詹姆斯·邦德的招牌歪嘴笑容，眼睛里突然迸发出无限光芒：“走！我带你去肯德基！吃鸡翅！”

那天傍晚，肯德基里，仲嵚问我：“仲尼，你要几个鸡翅？”

我毫不犹豫地说出了当时认知中最大的数字：“100个！”

仲嵚把摩托罗拉手机往点餐台上一拍：“服务员，帮我拿100个鸡翅！”

值班经理诧异地看着仲嵚：“先生，不好意思，100个鸡翅是50对，您……您……确……确定要100个吗？”

仲嵚提高音量：“嗯，确定100个！”

全场震惊！

那天的鸡翅显然没有吃完，吃剩下的也忘了是怎么处理的，只记得服务员陆陆续续地端过来一盘又一盘的鸡翅，把我身边的几张桌子都堆满了，那是我第一次离我的人生目标如此接近。那天在我身旁的仲嵚一个鸡翅都没吃，只是饶有兴致地看着我狂啃鸡翅，神情满足，笑容温暖无比。

－2－

我印象中第一次见到阿紫，是在一个早晨。那些天我和仲嵚正在冷战，我一大早刚起床要去尿尿，下到二楼，看见仲嵚睡眼蒙眬地带着一个已经穿戴整齐的女生，两个人像做贼似的，正蹑手蹑脚地要往一楼大门溜去，看情形是生怕被老妈发现。

他们发现了我，阿紫笑嘻嘻地对我挥手打招呼，仲嵚特别紧张地示意我不要出声。我看到此情此景，心想：“哦，叫我不要出声？早说嘛！”

于是我立马扯着喉咙大喊："妈，阿哥又带女孩子回家了！"童声透亮，响彻三层楼房。

阿紫笑喷，仲嵚瞬间脸绿，急忙拖着阿紫，也顾不得其他，夺门而去，我见状立刻用更高分贝狂吼："妈，他现在要偷跑！妈，他已经到一楼了！妈，他开门跑出去了！"

阿紫安全地走了，仲嵚黑着脸独自返回。我记得因为这件事情，他被老妈狂骂了一天。那天他边被骂，我边在老妈的背后对着仲嵚跳舞做鬼脸，仲嵚气得咬牙切齿，青筋狂暴。

－3－

隔年我6岁，上大班，过几天就要春游了，凌晨2点，心情无限忐忑，一个晚上都在想，到时候带的饮料够不够喝，汉堡凉掉会不会不好吃之类的事情。

突然楼下响声大作，有搏斗声，有东西破碎声，还有不同音调的男子喊叫声，动静是从二楼传来的，持续了20分钟不止。

保姆阿姨跑上来抱着我，让我躲在三楼不要出房门，我站在三楼窗台看楼下，仲嵚双手铐着手铐，被几个穿着迷彩服的军人边打边骂地押上了警车，另外几位军人来来回回地出入我们的家门，把仲嵚床底下的现金，一袋一袋地提上了警车。拍照声、对讲机声，甚是嘈杂。老妈强忍着眼泪和着急，还算冷静地和一个戴帽子的军官解释、询问着什么，最后也一起跟着上了警车。

嘈杂声随着车顶红蓝灯闪烁，渐渐远去，只留下空旷的黑夜，安静得连心跳声都听得真切。

－4－

事发之后的早晨，阿紫坐在二楼客厅，那是我第一次看清阿紫的面貌，一米七的个子，齐刘海马尾，乌黑的眼睛，雪白毛衣，牛仔裤雪地靴，完全不像是会和仲钦厮混的那种类型。

阿紫和老妈正在谈话，两个女人脸色憔悴，两眼通红，也不知道是哭过还是因为熬夜。

那一天的老妈，非常冷静，老妈手里拿着一份警方的材料问阿紫："确定没有卖毒品吗？"

阿紫："应该没有，他挺排斥毒品的，之前有个跟着他的兄弟帮人家卖毒品，还被他教训了。"

老妈："那这上面写的，参与黑社会活动，你知道多少？"

阿紫："也就是打架，他们几个兄弟帮赌场要债，好像还经常拉货去码头。"

老妈："竟然还走私！他们的几个兄弟还有谁？"

阿紫："我知道的经常在一起的只有小志和桑鬼。"

老妈："你和他在一起那么久，有没有见过他们那边有枪支？"

阿紫："倒是经常听说，但是没有见过。"

老妈长长地叹了口气，沉默了许久许久，说："但愿他们走私的不是枪支，不然十条命都没了。"

老妈："你今年几岁了？"

阿紫："刚18。"

老妈："还读书吗？"

阿紫："嗯，还在读书。"

老妈："好好读书吧，以后不要跟仲嵚这样的人一起玩了。"

阿紫眼里闪着泪光："嗯。"

收到刑事判决书的时候，已经过去了好几个月，当时我年纪太小，不懂什么罪不罪名，刑不刑事，只能见到大人就问："我阿哥去哪里了？"

但是没有人告诉我确切的答案，只知道短则3年长则5年，我是不能再对仲嵚做鬼脸了。

－5－

之后再见到仲嵚，是我9岁那年的夏天。那天中午我放学回家，背着书包，闷热无比，远远地看见一个年轻人，白背心板寸头，提着两个军绿色的大包，蹲在我家院子门口抽烟，神色甚是犹豫。

这个年轻人远远地看到了我，便放下手中的大包，兴奋地朝我跑了过来，一把把我举起来，像甩玩偶一样，连人带书包，举在空中倒来倒去，转来转去，一会儿扛在肩上，一会儿抱在怀里。这个年轻人把我抱到面前，宠溺地对我说："假装没看到？你给我假装没看到！你再假装没看到。"

我定睛一看原来是仲嵚。

我立刻捂着脸，蒙着眼睛，忍住嬉笑："没看到啊，你太难看了，我没看到，你太丑了，我根本看不到啊。"

他放我下来，开始挠我痒痒，我终于没忍住嬉笑，朝他做了个鬼脸，那一刻我真真切切地看清了他的脸，我知道我阿哥回来了。

我推开家门，欢天喜地地大喊："妈，阿哥回来了！妈，阿哥回家了！”

仲嵚犹豫了几秒，才提起包走进了家门：“妈。”

那一刻，老妈的表情不像我想象中的那样欢喜，也不是久别的流泪，而是一种百感交集：

“回来了就好，东西拿上去放好，然后下来一起吃饭。”

那顿饭特别沉默，我不懂老妈为什么没有很开心，也不懂仲嵚为何只是埋头吃饭沉默不语，那时的我只知道阿哥回来了，又能坐在一起吃饭了，真好。

这么些年过去了，他吊儿郎当的气质一点儿都没变，只是头发短了，皮肤黑了，左边手臂上多了半臂文身。他告诉我这是他那几年在监狱里无聊，用缝衣服的针蘸着钢笔墨水，自己凭空想象刺的修罗头像，他始终觉得极有个性、狂拽酷炫，我至今仍觉得画工幼稚，毫不立体，毫无态度可言，格外搞笑。

之后的日子里，全家人把仲嵚围起来，很严肃地沟通了好多次，每次他们都以“大人说话小孩子不要听”为理由，把我隔离现场。几次沟通之后，渐渐地，一家人的生活好像回到了最初的节奏。

仲嵚说暂时没想好要做什么，就先在家里待着，一天天吊儿郎当地听着音乐，光着上身穿着裤衩在二楼晃来晃去。我上学、放学，每晚大家一起吃饭。

仲嵚以每周两次的频率酩酊大醉半夜回家，每次他喝醉回家后，我早起上学都能撞见他带女孩潜逃出家门。一开始他带的女孩中有一半是阿紫的身影，有一半是不固定的浓妆艳抹，到后来慢慢地就都是阿紫的身影了，再后来他也不带女孩子潜逃了，因为家里接受了他们交往的事实，阿紫和仲嵚终于可以一起睡到自然醒了。

每周末老妈、仲嵚、我，还有保姆阿姨都会聚在一起看胡瓜主持的《超级星期天》，后来多了一个阿紫的身影，3年前那个嘈杂的夜晚正在被逐渐地遗忘，直到有一天桑鬼到来。

－6－

那一周家人出差不在，阿紫也没来，晚上家里只有我和仲嵚正在看着录像带，这时候院子里响起急促的门铃声，仲嵚去开门许久没有回来。我透过二楼的窗户，看见仲嵚站在大门口和一个人不耐烦地交谈些什么，大概过了10分钟的样子，仲嵚做无奈同意状，把那人领进了屋子，这个人就是当年阿紫口中的桑鬼。

我第一次看到桑鬼着实吓了一跳，发型凌乱，脸色惨白，轮廓消瘦，眼圈之黑犹如电影里的丧尸，驼着背，眼神涣散到了极致，每隔三五秒钟便抽一下鼻子，仿佛有流不完的鼻涕。

仲嵚不耐烦地带着桑鬼上了三楼，进了我的房间，桑鬼一路贼眉鼠眼地左顾右盼："房子还不错嘛！"

仲嵚："这是我妈的房子。"

桑鬼："要是我老妈的房子，我就想办法把它卖掉，那日子还用愁？你们就几个人，住这么大房子有屁用？"

仲嵚听了这话，好像有点发火的气势，瞪大了眼睛看着桑鬼："你再说一句试试看？"

桑鬼有点忌惮仲嵚，连忙道："开个玩笑而已，你干吗那么认真嘛！"

仲嵚非常认真地说："永远不要拿我的家跟我开玩笑！"

桑鬼没有接话，尴尬地看着窗外。

仲嵚拿过来一条凳子，站了上去打开天花板的吊顶，摸索了许久从一片漆黑里拿出了几沓一百元的现金。桑鬼如同饿极的老鼠见到黄油一般："我就知道还是兄弟你有办法。"

仲嵚："废话少说，我已经不干了，这是我最后一次帮你。"

桑鬼："操，不愧是当年出生入死的好兄弟。"

仲嵚："桑鬼！少跟我在那边讲这种废话，你要是继续搞那种东西，你就不要怪我以后翻脸！"

桑鬼："一定一定！"

仲嵚急急忙忙地换好衣服，丢下一句："仲尼，你自己先睡，我出去办点事。"

"你那么晚出去干吗？"

"去吃东西啦，顺便帮你买最新的《七龙珠》录像带！"

"那好吧。"我说罢，仲嵚便领着桑鬼往外走，两人趁着夜色匆匆离去。

－7－

直到第二天我放学回家，仲嵚仍然没有回来。我到家的时候，阿紫一个人坐在我家里看电视。阿紫见到我急忙问："仲尼，你今天看到你哥哥了吗？"

我："没有啊，阿哥昨天晚上就出去了。"

阿紫："昨天晚上他几点出去的，你知道吗？"

我："应该是9点多吧，和一个很像僵尸的人一起出去的。"

阿紫："很像僵尸的人？"

我："对呀，我听阿哥叫那个人桑鬼，然后还说什么最后帮他一次什么的。"

阿紫好像意识到了什么："糟了！"

说罢阿紫小跑到客厅，用座机急急忙忙地打了几个电话，然后对我说："仲尼，你先做作业哦，姐姐一会儿给你带好吃的。"

我："那好吧！"

阿紫说完便拿起包匆匆地走了。

几个钟头以后，阿紫扶着仲嵚回来了。阿紫满脸泪痕，仲嵚一身鞋印，脸上挂了彩，衣服上还有一点儿血渍，他一进门就若无其事地给我一盘录像带。

仲嵚："最新的《七龙珠》，拿去看吧！"

我："阿哥，你是不是打架打输啦？"

仲嵚："我怎么会输！我是战神好不好？"

我："那你怎么流血？"

仲嵚："那是别人的血啦！"

仲嵚说着话好像有点接不上气，阿紫含着泪接过话，问我有没有不乖，作业做好了没有云云，便扶着仲嵚上了二楼。

—8—

之后的日子里，仲嵚的行为变得极其异常，时而在18℃的空调房里汗流不止，时而又跑到30℃的烈日下瑟瑟发抖，吃个饭能咳嗽到呕吐，看个电视能全身发痒到躺在地上打滚。一开始家里人以为他生病了，带他去医院开了很多药，始终没能见效，直到有一次他症状突发到了一种不可收拾的境况，他踉踉跄跄地来到我房间，打开天花板上的吊顶，拿走一沓百元大钞，偷偷地溜出家门，没一会儿又急急忙忙地回来。我记得那天他回到家，还和阿紫发生了争执，后来他连争吵都顾不上了，就迫不及待地钻进厕所，一待一个钟头，从卫生间出来的时候，两眼呆滞无神，好像跑了马拉松一样疲惫，衣服都没换往床上一倒便睡着了，一睡12个钟头。等他醒来的时候，那些奇怪的症状就都消失了。

从那以后仲嵚的生命中，便多了一袋小小的白色粉末。仲嵚的生活节奏随着那包白色粉末的到来，渐渐地恢复了原样，只是偶尔还会出现奇怪的症状。每到症状难以缓解的时候，他便来我房间，取下吊顶上的白色粉末，往厕所一躲好久，出来之后就自然痊愈。

刚开始一周两次，到后来他几乎每天都会来我的房间光顾那些白色粉末。

有一次我好奇地问："阿哥啊！你每次来拿的那包白白的是什么啊？"

仲嵚："我中了一种毒，就像《神雕侠侣》里面的那种，那个是解药，哥哥要用解药才不会死。"

我："那你为什么要偷偷地？"

仲嵚："因为老妈知道了会担心啊！"

我："那我中毒了吗？"

仲嵚："你没有。"

我："哦，那没有中毒可以吃解药吗？"

仲嵚："你是没看《神雕侠侣》吗？解药也是一种毒啊，这叫以毒攻毒，懂不懂！没有中毒的人吃解药就会马上死掉的。"

我："那好吧。"

—9—

那一年老妈的生意做得非常好，很少在家。后来仲嵚吸食白粉的事情，老妈也略知一二，但是那个年代信息匮乏，老妈知道海洛因不好，却不知道这东西到底不好到什么地步，好说歹说地也劝过仲嵚，仲嵚也不知道用的什么理由，暂且缓住了老妈，让她没有采取过激手段。

之后的日子里，偶尔他躲在厕所享用白粉忘了锁门被我撞见了几次。渐渐地，他也就不避讳了，只有我们俩在家，或者他和阿紫在家的时候，他都光明正大地在客厅吸食那些白粉。

整整一年，我一周几乎能撞见仲嵚吸食白粉两次，有时候甚至可以撞见桑鬼跟小志，还有一群不认识的青年，和仲嵚一起坐在客厅里用各种奇怪的方式享用那些白粉，注射的注射，吸食的吸食，兴奋的兴奋，萎靡的萎靡，有的甚至疯狂呕吐，到最后集体昏迷。

那时候的我也习以为常了，只当作这是一种大人的特殊行为模式，也许将来某一天我就懂了。直到一年后的夏天，一个非常炎热的中午。

－10－

那个中午我从学校出来，就感觉浑身不自在，大热天的冒冷汗，鼻涕狂流头疼不止，现在想来应该是普通的中暑热伤风，而10岁的我却回想起去年仲嵚把白粉解释成“解药”的事情，也不知道哪里来的执着，一下子就认定我是不小心被人下毒了。

傍晚，趁着仲嵚不在家，我垫了两把椅子，站上去打开我房间的吊顶，摸索了好久才取出了仲嵚藏起来的白色粉末。

我满是新奇地摆弄着那包白粉，心想，这解药一定能解我中的毒。我坐在客厅里，欣喜地研究了半天，但由于设备不足，不能燃烧也不能注射，最后只好学着仲嵚的样子把钥匙插进白色粉末里，满心欢喜地把夹带着白粉的钥匙，放进了鼻孔里，感觉自己就是武侠小说里九死一生的大侠，中了奸人蛊毒，将死之时巧遇解药，捡回一条命不说，说不定还能打开任督二脉，摇身成为绝世高手。

－11－

就在我边做着大侠梦，边学着仲嵚，就要用力把白粉吸入体内的时候，背后突然传来老妈叫我的声音，我转头看着老妈，鼻子、嘴上还散落了一些白粉。

老妈一看我这造型和手上的东西，立刻飙泪，急忙擦掉我脸上的白粉，擦了一遍好像怕擦不干净似的，流着眼泪拧了好几遍毛巾，擦了又擦，最后我在高烧中沉沉睡去。那晚我梦见老妈在打仲嵚，也不知道打了多久，画面中的仲嵚眼神空洞地流着泪、挨着打，老妈从崩溃的哀号，到歇斯底里的质问，最后变成哀伤的抽泣，每一声抽泣，都是入骨的心碎。

— 12 —

之后的两年里，我见到仲嵚的频率也就一年不超过三次。随着年月的累积，年少的我逐渐成熟，我明白了，我的哥哥是一个吸食海洛因的瘾君子，而这几年他被反复囚禁在监狱和戒毒所里，抓了戒戒了放，放了吸吸了抓。

两年间偶尔有当年和仲嵚一起吸食白粉的小伙伴上门找仲嵚要东西，情绪之激动，甚是恐怖。好几次，老妈叫来了警察，才把他们轰走。没过多久老妈在院墙上安装了防盗用的高压电线，铁门也换成了当年最厚实的那种。温馨的院子，随着各种防盗设备的入驻，氛围逐渐清冷。

那段时间，我时常自己在家，碰上找上门的瘾君子，有的恐吓威胁，有的跪着哭着求我，都只为了见仲嵚一面，求要一点儿白粉。刚开始，我总是吓得不知所措，到后来也就见怪不怪，每逢这种情况出现，我都会淡定地隔着铁门劝说对方，遇到特别难缠的，就直接打110。

仲嵚28岁那年，我上初一，他也不知去哪儿搞了一些乙肝病毒，注射进自己的身体，造成了严重的肝功能衰竭，并且拒绝医治。从那以后，他每次进警察局，警方都以犯人患有致命性疾病为由，再也不愿收押、监禁他了。他的目的达到了，代价却是缩短了自己的人生。

再后来的一年，我几乎没有见过仲嵚，只能偶尔听到家里的大人在议论，他又跟某一个亲戚借钱了，又跟谁诈骗了，又在哪儿抢劫了。而老妈只能一一劝说身边的亲友，今后不要理他了，家人已和他断绝关系了云云。

当然，那个时候，即便在所有人眼里，他已经变成了一条只为寻求一口白粉而活的落水狗，众亲友也早就对他态度冷漠恶劣，但他在我眼里，始终是当年强壮的，宠着我、抱着我的亲哥哥。

－13－

之后的一年我即将上初二，某一天中午，我被一群高年级的流氓学长无辜狂殴，浑身是血，事后被告知是打错人了。气愤之下，我找来了仲嵚，即便那时候的哥哥已经在毒品的侵蚀下，体力和威望都远不如当年，但毕竟瘦死的骆驼比马大，仲嵚不负众望地轻易摆平了那些流氓学长。

谁知好景不长，自从仲嵚摆平了流氓学生之后，每天放学，我都能在校门口看到仲嵚的身影，偶尔和小志一起，偶尔带着桑鬼。一到放学，几个人便招呼学校里的流氓学生到空地上，以“欺负了我弟弟”为理由，屡次勒索钱财，甚至没收手机。到后来流氓学生们开始每天用各种各样的方式逃离学校，或者翻墙，或者抄小路，或者提前旷课逃跑，要不就打篮球打到很晚才离开。总之，仲嵚抓住他们的机会越来越少。可能是因为熟悉的人比较清楚底细，容易掌控风险，于是他和他的伙伴们就把目光投向了我和我身边的那些关系比较好的同学。

当年我年纪小，一天的零用钱只有10元，我每次遇到仲嵚，他都会威逼着拿走我身上的零用钱，只留下2元钱让我吃一碗拌面。我身边几个要好的同学，也屡屡被仲嵚勒索，有时候甚至连吃午饭的钱都不给人留下，这样的情况持续了七八个月。渐渐地，在学校里我没有了朋友，因为每一个靠近我的人都会被我的亲哥哥勒索，当年在我眼中无限高大的仲嵚，渐渐地让我觉得是一个不折不扣的瘟神。

初三下学期，仲嵚的行为终于引起了众怒，流氓学生以及那些家里有点关系的孩子，找了二十来个人围堵仲嵚和小志，他们被打得头破血流，仲嵚的脑袋缝了8针。校园斗殴事件引起了警方的关注，民警来学校找我录了口供，我出于泄愤，夸大其词地阐述了仲嵚的罪行，只求民警能把他关起来，让我摆脱瘟神。

后来他确实消失了，但不是因为入狱，而是把目光投向了别的学校。事后，我成了校园里流氓学生专门欺负的对象，好学生们也因为仲嵚的事对我避而远之，老师们因为我有一个吸毒犯法的哥哥，也和我尽量保持距离。

那时候我正值青少年叛逆期，把一切被孤立的源头都怪罪在仲嵚身上。不夸张地说，那段被孤立的日子，我对仲嵚可谓恨之入骨。

— 14 —

初三毕业的那年夏天，阿紫来了家里，据说怀了仲嵚的孩子，孩子已经有3个月大了，微微看得出一点儿肚子。阿紫跟老妈说想要孩子，老妈说她问了妇科医生，医生说仲嵚长年吸毒，生出的孩子有极大的可能患有某种先天性疾病，生下来不仅是折磨这孩子一世，也折磨一家人，让阿紫考虑清楚，说可以带阿紫去打掉孩子。

那是我和老妈最后一次见阿紫。

后来据说阿紫自己跑去医院打掉了孩子，她的家里人为了断绝她和仲嵚的来往，想办法把她弄去了法国，在亲戚家开的餐馆做帮厨，她又自杀又下跪地被送上了飞机。现在想来，这应该是这个故事里最圆满的一种解脱。

－15－

暑假转瞬即逝，我离开了这所被众人孤立的学校，来到当时全市问题学生最多的高中。仲嵚仍旧在黑暗中偷鸡摸狗，但他却从未靠近过我的学校，因为这所学校的剽悍风气流传在这个城市的每一个角落里，倒也不是势力多庞大，只不过从这个校园里走出来的任何一个学生，哪怕看上去相当老实的学生，逼急了也会连抓带咬地和人拼命。

当时的我已经有了一米七四的个头，长年打球，体质相对健壮，摆脱了仲嵚的我，很快就在新的学校重新建立了自己的小团体。为了不让别人欺负，我和伙伴们开始学抽烟、学喝酒，学着打群架，学着结伴欺负别人，迅速成为了这所学校的问题学生，再也没有人敢欺负我了，社会上的流氓也渐渐地想要和我结交。

高一寒假，我通过身边的朋友和一些社会资源，倒卖一些小商品赚了几千元钱，再加上身边有一群兄弟撑着，我从一个被孤立、被欺负的孩子，转变成了学校里的老大，有兄弟、有小弟，口袋里又有了点钱，年少气盛，意气风发。

那是大年初三的夜晚十点钟左右的样子，我正要赴兄弟们的酒局，在家楼下的路口碰见了仲嵚，他叫住我："仲尼，你去干吗？"

我冷漠地说："关你屁事！"

仲嵚瞪大了眼睛，两步走近我，上来就用在部队里学来的擒拿招式，死死地把我的右手扣在背后，见我不能动弹了，就拿出了哥哥的口气："你什么时候学会了这样子跟你哥讲话的？"

我放松着右臂，任他拿捏："你以为你还能欺负我吗？"

仲嵚手上更加用劲，剧痛从我右肩传来，我冷笑着反问："就那么大力气了吗？"

被毒品侵蚀多年的仲嵚，又怎能奈何我一个每天打球的中学生。说罢，我开始用劲，从右肩发力，任凭仲嵚的双手如何用力，我的整个手臂，依然沿着被拐到背后的弧线，一点点地扳回到身前。

当时仲嵚的神态，不是吃惊，不是戏谑，不是无可奈何，反倒能从他的眼睛里读出点失落。长年被家长教导不要相信仲嵚的我，只当他是为了博取同情在演苦情戏，并没有太多搭理。仲嵚沉默了一会儿："大过年的，给我点钱吧，你也知道，我实在受不了了。"

我强压着满腔的愤怒："要不是因为你，我今天也不会沦落到这种地步，你知道我初三那年是怎么过来的吗？给钱是不可能的，我走了，你也早点回去吧。"

说完我转身就走，这时的仲嵚突然捂着肚子蹲了下来，他叫住我："仲尼，你能不能背我到前面路口，我搭个车回家？其实这几天我是发烧的，因为那东西，又不得不出来。"

我见到此情此景，有些心痛，有些犹豫，但又想起老妈的忠告，知道他又要耍什么花样，便不再理会，转头径直离去。

谁知这绝情的一别，便成了我们两兄弟之间的永别。

－16－

两三个月后，据说仲嵚在收留他的亲戚家里瘫痪不起，全身水肿，甚至不能说话。

当时他还不知道阿紫已经被她的家人遣送去了法国，后来家人告诉我，他瘫痪前说的最后一句话是：“阿紫那小姑娘跟了我那么久也挺辛苦，如果我能好起来，一定要想办法好好照顾她。”

说完这话的当晚仲嵚一觉睡去，便不省人事了。

后来他被送去医院抢救，医生说由于长期过度频繁的静脉注射，已经导致病人全身血管萎缩，身上找不到任何血管可以插吊针，医生只能尽量想办法。

我没有去看过他，甚至没有为此太多地担心，因为有过太多太多次这样的情况，之后他总是能够再站起来，然后一脸坏笑地继续祸害人间。

第二天放学的时候，我接到了老妈的来电：“你也不关心一下你哥哥的病情？”

我疑惑着：“他？他有什么好担心的？”

老妈：“你现在打车来××××路的殡仪馆吧，B05室，我在这里。”

30分钟车程，世界好像一片寂静，我几乎没有情绪波动，毕竟老妈没有说明，我也不愿往太坏的方面去联想。

直到我走进殡仪馆，来到B05室的门口，我眼见仲嵚的黑白头像，就那么放在桌上堆在鲜花里。桌子背后的水晶棺，一个年轻人静静地躺在那里，一动不动，就像睡着了。

这一幕映入眼帘，泪水顷刻决堤，我甚至无法控制自己的身体，做不到就这么迈进殡仪室，只得转身寻找角落哭泣，待到情绪平复，再试图走进去。

可我每次试着走进那个房间，看到仲嵚的头像摆在那里，那种感觉，相框里的仲嵚，仿佛随时会歪着嘴冲我露出一个坏笑。脑海里，满满地都是关于仲嵚的活生生的记忆，全身的每一个细胞都不听使唤地开始抽泣。整整5个小时，我的双脚迈不进殡仪室。火化场，隔着玻璃，我看着仿佛沉沉睡去的仲嵚，被推进一个长形的铁炉里，亲友们声嘶力竭地喊着仲嵚的名字，我像疯了一样地砸玻璃。

“你们不要烧我哥哥，我哥只是睡着了，你们要是烧坏了他，你们所有人拿命来都赔不起！”

一炷香的工夫，仿佛过了一个世纪，当年威武健壮的仲嵚，变成了一摊小小的骨灰，放在陶瓷做的盒里，被送到了我的手里。

– 17 –

这些年，由爱到恨，再到追悔莫及，小时候可以轻易把我举起来的哥哥，如今静静地躺在我的怀里。

我轻轻地抱着仲嵚的骨灰，穿过了都市，攀上了山头，亲手把他放进了寺庙的灵柩里，那里鸟语花香，佛音萦绕，不必为毒品苦恼，不必承受亲友的嫌弃，历尽了一世沧桑磨难，他终于可以安心地睡去。

时至今日，我仍旧时不时会去寺庙看看仲嵚，去前我都会去肯德基买满50对鸡翅，偷偷装在双肩包里，待到和尚吃午饭的时间，没人看管没人注意，便在仲嵚的墓碑前打开包装开始猛吃。身旁黑白相片里的仲嵚，仍旧没有要吃鸡翅的意思，只是饶有兴致地看着我狂啃鸡翅，神情满足，笑容温暖无比。

自以为是考拉的女子

每个人都会经历一些不如意，总有那么一个爱过的人走出你的世界，驻扎在别人的怀里，朋友无法帮你分担那些伤痛，也无法走进你的心里帮你删除回忆。

但大家会陪着你扮考拉，直到有一天，你走出了迷雾，看清了前路，不再觉得自己是一只考拉了，一脸不屑地反问大家一句：“你们是白痴吗？真幼稚！”

然后若无其事地结伴去往下一个目的地欢笑肆意。

—1—

内心脆弱的女人大多外表看起来非常冷酷，因为她们需要一个刀枪不入的态度，来抵御猝不及防的情绪或者回忆，一不小心就渗进自己的玻璃心里。

柠蕾就是这样的女人，一米八的身高，曾经杀进过世界小姐的决赛，英文讲得比老外还牛，永远的马尾辫，态度冷漠高傲，说话言简意赅，在她身上仿佛有一种特异功能，就是让流畅的交流无法继续流畅下去。

她的每一个朋友在习惯她的冷漠之前，都被这份冷漠给深深地震慑过。有一次我们单独在酒吧里喝着酒，人群中突然冒出一个面貌猥琐的男子过来搭讪柠蕾。当时柠蕾只是淡淡地一回头，随意地打量了那个男人一眼，然后竟冷冷地回了一句：“不好意思，我不想跟你说话。”

此言一出，我和猥琐男都愣住了，当时我只觉得周围的环境瞬间冰封。见猥琐男一动不动，我脑子里只想着立刻起身挡在柠蕾身前，以防他一杯酒泼过来把小事化大。谁知道我还没动，柠蕾却突然站了起来，一米八的大高个，低头恶狠狠地盯着猥琐男，一步向前，瞬间迸发出无尽威压，连我都不禁脊椎一凉，直把猥琐男吓得边道歉边匆匆退回人群里。

－2－

也许是性格使然，我和柠蕾但凡喝起酒来，是绝对没有微醺这一件事的，一杯下肚，不喝到个酩酊大醉绝不罢休，所以每一次我和柠蕾出来喝酒，我们都会换无数的场，喝无数种酒，喝到最后所有人都醉了，撑到底的总是我俩。

有一次，我们彻底喝蒙了，我晕晕乎乎地送她到她家的小区门口，刚要上车走人，谁知道她往前走了两步，径直抱着一棵树，安详地闭上双眼说：“我是考拉，我已经到家了！”

那一晚，我笑出了八块腹肌。

－3－

柠蕾虽没明说，但我们都可以看出来她对ABC（外籍华裔）是略带有一点儿排斥的。有好几次我们一起喝醉，柠蕾但凡见了讲英文的亚裔男人就是一杯酒泼过去，经常搞得一群朋友跟在她身后连连给人道歉。好在她是个大美女，那些男人也都还算怜香惜玉，所以至今她仍旧毫发无伤地健在人间。

话说她对ABC的排斥，其实是源自一段8年的感情。那个男生叫丹尼尔，是一个出生在多伦多的华人。那些年柠蕾也温柔地亲手为他做过巧克力，也曾亲手叠了1314只千纸鹤，在情人节的夜里偷偷地放在丹尼尔的被子里。

柠蕾告诉我们，很久以前丹尼尔对她说："如果分手了，我会继续留在你的生命里，换一种方式继续守护你一辈子。"

那时柠蕾笑着告诉他："如果我们分手了，我会彻底消失在你的世界里。"

当年丹尼尔因此还失落了好一阵子。

后来他们真的分手了，彻底消失的人却是丹尼尔自己。

几年来没人见过柠蕾主动联系，也未曾察觉柠蕾寻找过他的一切痕迹。

可上海虽大，圈子却小。柠蕾总能从这个那个朋友的口中得知他恋爱了，他分手了，他又有女朋友了，又或者他要结婚了，婚礼取消了，别人不提起，柠蕾也不问，别人说起他了，柠蕾也不深究。

每当消息铺天盖地，柠蕾就想办法把自己喝醉，一个人喝酒太孤单，所以总是会叫上我。每一次因为这样会喝醉，她都会毫无顺序地对我说他们8年来零碎的记忆，一次又一次，所有的零散逐渐组成了完整的片段。我仿佛穿越了时间，化作一个他们看不到的幽灵，站在当年的柠蕾身边，完整地看着她8年的爱情，从盛开到枯萎，再到眼前的酩酊大醉。

她曾对我说："我不想知道丹尼尔过得好与坏，不想知道他生活是不是顺利，不想知道他的女朋友是不是和我一样外冷内热，但我总会想象此刻的他，会在怎样的境遇下想起自己。

"也许某个阳光明媚的早上，他看见某个女孩儿扎着高高的马尾辫，会想起好久好久以前，有个女孩在风里走向他；

"也许某个倾盆大雨的午后，他会想起我们分手的那天，隔着半个地球，我们在电话里沉默的呼吸声，然后我说：不如就到这里吧。

"只是简单的一句再见，控制欲、第三者、劈腿、异地，都不重要了。

"8年就这么过去了。"

－4－

2012年底，我收到了丹尼尔的邮件，邮件是一封电子版的婚宴请帖，底下附带着一句：如果可以，请把这个消息告诉柠蕾，我希望她能来参加我的婚礼。

那晚我把手机里的邮件原封不动地发给柠蕾。

我小心翼翼地问："去吗？"

柠蕾叹了口气："去吧。"

我："一起去吧。"

柠蕾："好。"

我："你不会闹事吧？"

柠蕾："不一定。"

我开玩笑："哇！必须闹事！我挺你。"

柠蕾面无表情："你说怎么闹事能闹得比较体面呢？"

我开着玩笑附和道："这样，他们结婚的那天，你也穿上雪白的婚纱，然后躲在教堂外面，等神父问愿不愿意的时候，我发微信给你，你一收到微信就把门踹开，对着丹尼尔大吼：'丹尼尔，你要她还是要我？'"

柠蕾终于笑了："不！我以前说过我在婚礼上要穿黑色的婚纱，那天我就穿黑色的婚纱，等新郎新娘可以亲吻对方的时候，我就直接杀上去强吻他，吻完他给他一个大大的中指，头也不回地就走！你看这个方案会不会靠谱一点儿？"

我："行！那我和茶米负责帮你拦住神父和亲友。对了，记得带上卸妆油。"

柠蕾疑惑："带卸妆油干吗？"

我："泼新娘呗！"

大半个晚上，我们就这么有一搭没一搭地编造着大闹婚宴的场景，在无厘头的笑声里，好像所有的伤感都被悄无声息地抹去。

－5－

婚礼那天，柠蕾真的穿了一身黑色的晚礼服出席，手里拿着一个手包，手包里，分明是一瓶300毫升大小的三年份苏格兰威士忌，我看了她这一身行头，玩笑道："你不会真要闹场吧？"

她瞪了我一眼："你是不是不敢挺我？"

婚礼很好，温馨简单，玻璃绚烂，花球美丽，花童可爱，牧师慈祥，温暖的阳光从绚烂的窗子里打进来，每个人的笑容都透着美好与祝福。

我们从柠蕾的表情看不出任何的情绪，眼前的一切正如柠蕾和我们叙述的，当年他们设想的一样，像童话故事般美好，只是故事的女主角不再是柠蕾自己。

丹尼尔穿着白色的西装，柠蕾远远地看着他，也不知在柠蕾眼里，看到的是他当年军训时的样子，还是他在宿舍楼下等自己的样子。

当神父宣读一段该有的言辞之后，他庄严地问新娘："你愿意吗？"

那一刻，不知怎的，我竟在心底隐隐期待柠蕾不顾一切地站起来，然后对着新郎大喊一声："我愿意。"

我一定！一定会为她挡住所有的亲友。

但柠蕾没有站起来，也没有想象中的泪流满面。

－6－

婚礼顺利地走完了一切流程，丹尼尔远远地看着柠蕾，摇着头笑着向她走来，柠蕾远远地看着他也笑了。

柠蕾："新婚快乐！"

丹尼尔："谢谢，还是一成不变的马尾辫？"

柠蕾笑着："呵呵，习惯了，很帅啊今天！"

丹尼尔："今天的一切和我们当年想的一样，我看你穿了黑色的晚礼服，还真怕你是来砸场子的，你能想象得到吗，你那时候一直嚷着结婚要穿黑色的婚纱！”

柠蕾：“黑色？当时傻了吧！不记得了，哈哈，我能那么没素质吗？我可不想上头条，前女友血洗结婚礼堂，世界太小，丢不起那人。”

……

丹尼尔：“你还好吗？”

柠蕾故作镇定：“不错，没看都胖了吗？”

丹尼尔：“怎么没和他一起过来？”

柠蕾微笑：“因为他今天结婚啊！”

丹尼尔笑了笑，欲言又止：“对不起……”

柠蕾：“……”

丹尼尔：“你知道吗，我曾经真的想把全世界都撕碎，想离开多伦多，然后带着你远走高飞。我跟她登记那天，想起来很久以前咱俩像俩傻子一样模拟那个场景。”

柠蕾依然笑着。

丹尼尔：“刚才那傻子神父问我‘你愿意吗’，我特别害怕你在底下突然站起来说‘我也愿意！’呵呵，我不是怕你砸了场子，我怕的是自己会不顾一切地拉着你，然后带着你离开这里。”

柠蕾故作大笑着说道：“然后像那次在澳洲一样，两个人跑到门口抱着一棵树模仿考拉吗？”

丹尼尔大笑，一起走过的记忆，甜蜜而苍凉，仿佛只有掏空心肺的笑声，才能抑制住夺眶而出的泪水。

丹尼尔叹了口气：“都过去了。”

柠蕾点了点头："对，都过去了。"

柠蕾给了他一个拥抱："祝你幸福！"

丹尼尔："你也是，要幸福！"

所有的爱恨纠缠，舍不得放不下的，仿佛都在祈求这一个拥抱能够让它们随风散去。

－7－

婚礼即将结束，丹尼尔的妈妈笑眯眯地径直走过来紧紧地抱着柠蕾。

丹妈开心地说："哟，这不是我大宝贝吗？"

柠蕾回应："这不是我干妈吗？"

丹妈溺爱地抱着柠蕾，轻轻地在柠蕾耳边说："丫头，你都不知道，这几年来我一直都惦记着你呢！心疼哦！你和我儿子分手的时候我哭了好几天，骂了他好几天。"

柠蕾强忍着哭泣。她摸了摸柠蕾的头："你也要快点结婚，干妈等着吃你的喜糖。"

那是我第一次见到柠蕾哭泣，无声无息地流着泪水就像一只走丢的小猫，抽泣得那么无助；她身后的那曾经陪伴自己8年的男人，强装着微笑，转过身，怎么也擦不干眼角的泪滴。

对柠蕾而言，这一切就像是一场梦，8年前闭上眼躺在床上，一梦8年，无关痛痒，只是梦醒了青春却杳无音讯。

－8－

从教堂出来，阳光耀眼，恍如隔世，我和茶米叹息不已，临走的时候，柠蕾把带来的那瓶苏格兰威士忌，随手泼在一棵树上，只有我知道，她泼的是那些年有关澳洲的回忆。

那夜大家没有相互邀约，却很自觉地聚在常去的酒吧里，大家都小心翼翼地陪着柠蕾，生怕她某一刻暴走，满场找人泼酒，又或者跟自己过不去，直接一酒瓶子往自己脑袋上砸。

我不记得那天晚上我们换了多少场，喝了多少酒，只记得我们从淮海路喝到了外滩，之后去了浦东，最后又喝回了徐汇，茶米和香橙先后都吐了，但他们都没走，始终硬撑着陪着柠蕾一杯一杯地继续，一夜狂饮直到天色大亮，全上海滩的酒吧都打烊了，我们才打车送她回去。

计程车停在柠蕾家的小区门口，我们目送着柠蕾下了车，车子刚要开动，坐在车上的我却看见她踉踉跄跄地在小区门口颠了几步，找了棵树径直抱了上去，我急忙下车问她："你干吗？"

柠蕾安详地闭上眼睛，傻笑着："我是考拉，我到家了。"

那一刻我本想把她拉出记忆，拉回家里，但看着她幸福的神情，那时的我也不知哪儿来的灵感，只是叹了口气："那好吧，我也是考拉。"

说罢，我找了另一棵树抱着，眼睛一闭就被周公拉进了梦境里。

据茶米和香橙口述，当时他们看到我俩很傻地抱着树睡着了，马上就跟下了车，茶米也莫名其妙地心生灵感，看了一眼香橙："你是考拉吗？"

香橙晕乎乎地回答：“那就考拉呗！”

那天中午，柠蕾家小区门口出现了一个奇景，四个穿着体面的成年人，一人抱着一棵树东倒西歪地沉沉睡着，我们四个人在被路人叫醒之前，毫无记忆。

－9－

之后的日子里，我们没有在柠蕾的面前再提起过丹尼尔的名字。

想来柠蕾还需要很长的时间才能忘掉这段回忆，有些人陪你一段，有些人陪你永远，再冷漠再理智我们都无从挑选。有人已经走远，却不肯把属于他的回忆带走，留下的狼藉我们只能无奈地交给时间去处理。

每个人都会经历一些不如意，总有那么一个爱过的人走出你的世界，驻扎在别人的怀里，朋友无法帮你分担那些伤痛，也无法走进你的心里帮你删除回忆。

致我失去的爱人

也是那天我才明白，原来每一个离别，都可能是最后一次相见；每一个安然离去的背影，都可能是你我故事里最后的画面……只是那时我们都没发现。

—1—

矢曼是我认识的最理智的女孩，因为天生丽质，她平常出门很少化妆，喜欢戴一副眼镜框，皮肤白皙长发马尾，一双大眼睛清澈无比。

性格使然，矢曼说话做事的时候经常和大家不在一个调调上，当然出于她美貌的关系，朋友们并没有指责她不接地气，只管这种情况叫作不食人间烟火。

矢曼为数不多的恋爱经历，都是经过相处后发现对方存在原则性的缺点，于是主动提出分手。

当然在男方以及他们的圈子里，大都传言这女人冷血无情，甚至有病，两人的相处一切正常，却突然提出分手毅然离去。

2009年，她刚从学校毕业，在一家旅行社实习，做推广销售，驻点驻到了茶米工作的酒店。那时候的茶米也刚回国，只是酒店门前的一个小迎宾。

初见时，矢曼只觉得这个男人还挺帅的，看他的言谈举止，估计是个不缺女人的货。

茶米也只觉得矢曼这女孩，颇有几分姿色，但是态度异常冷漠，想必是个和自己绝不会有交集的少女。

也不知道什么样的契机，让这两个完全生活在不同世界的人，渐渐地开始密切联系，QQ空间的日志内容交相辉映了一段时间，是个人都能看出两人情愫渐起。

我记得当时矢曼身边的所有人，包括我在内都努力劝矢曼不要和茶米在一起，不是茶米不好，而是我们认为茶米这样的男子，不是矢曼可以驾驭的。

当年的茶米不像现在这样，可以去酒吧一掷千金，但穷有穷的玩法，再加上年少的几分不成熟，分不清爱和欲，时常把控不准原则，也惹下了一箩筐的臭名。

而对这一切，矢曼只是淡定地回复一句："这些他都告诉我了，可谁还没有一点儿过去？"

她相信茶米之所以会换女人如换衣服，那是因为他没有归属，却也找不到港湾，只好寻觅各种明知道不属于自己的码头来暂时停靠，排遣空虚。

最终没有人能劝住矢曼，猛然间两人同时在空间里晒出了亲密的合影，宣布决定正式在一起。

没过多久矢曼就提着行李，住进了茶米单位分配给员工合住的单间里。

2009年6月底，矢曼的QQ签名改成了“2012年4月10日，谁陪我看3D《泰坦尼克号》，我就和谁永远在一起”。

再看茶米QQ签名，已经很骚包地改成“距离2012年4月10日还有××周”这样的倒计时格式。

－2－

受过伤的女人，无论在什么样的激情热恋下，都会在心里留下一丝退路给自己，以免世界崩塌的那一天，自己毫无余地。

茶米疯狂地爱着她，QQ空间、脸书、微博，所有的社交工具，都秀满了甜蜜，仿佛生怕全世界不知道矢曼是他的女人。

两年的时间，只要矢曼的眉头一皱，茶米就仿佛得了失心疯一样，想尽法子努力哄她开心。

从不下厨的茶米，惊人地做出了矢曼爱吃的每一道菜。

矢曼不喜欢男生穿人字拖，从此茶米毅然地扔掉了之前所有的拖鞋。

每一个节日茶米都精心为矢曼准备了各种惊喜，每一次的惊喜都让矢曼感动得禁不住泪流。

承受过太多的女人，大都喜欢天真纯洁的事物，为此茶米学会了28种语言的儿歌。

矢曼有鼻炎，茶米从此不在矢曼的视线内抽烟。

一连两年，甜蜜愈演愈烈，矢曼买了27颗相思豆，亲手在每一颗上都刻上茶米的名字，做成了一条简陋而温馨的手链送给茶米，意味相思常伴。

茶米也明白自己从接过手链的那一刻起，矢曼已经放下了最后一道防线，把整颗玻璃心彻彻底底地交到了他的手里。

—3—

他们在一起刚走过两年的关口，茶米终于升职，提高了底薪有了住房补助，他们搬出了员工宿舍，租了一个破旧的一房一厅。房间虽然破旧，但只要对方还在怀里，这个世界就满满地都是温暖。

他们一天天开开心心地逛超市，满满的购物车都是幸福的名义。

茶米工作更努力了。每天出门不管多早，矢曼都会生生地克制住睡意，非得把茶米送到门口，给他一个爱的亲亲，目送他到楼道转角，才肯回到床上继续睡去；茶米不管多晚回家，都有一盏灯等在家里，一锅热乎乎的汤盛满矢曼的爱意。

矢曼趁茶米不在家，偷偷地在家里贴满了壁纸，屋子焕然一新；茶米趁矢曼不注意，买了一个又一个可爱的小玩偶，偷偷地带回家里，等矢曼睡着了，再悄悄放在矢曼枕边，每天醒来都故作惊奇。

—4—

上海虽大，圈子却小，仍旧有许多朋友，撞见过茶米行为不轨，或在酒吧里和女孩接吻，或某个派对结束送漂亮的女孩回去。

后来我才知道，原来我们知道的，矢曼都知道。

我问过矢曼，你怎么能忍受那么多的流言蜚语？

矢曼说："也许那些传言都是编出来的，也许是茶米掩饰得太好，痕迹消除得太干净，至少茶米没有让我发现蛛丝马迹，这证明茶米是在乎我的，只要他还爱我，还在乎我的感受，野马偶尔脱缰又有何妨？懂得回家就好。"

那一刻，我对矢曼的胸襟佩服不已。

－5－

2011年的情人节，茶米号称应酬，差不多11点多才到家，当然鲜花、玫瑰、巧克力一样都没少，茶米三言两语就哄好了矢曼的小情绪。

那晚深夜，有一个醉醺醺的女孩，怒气冲冲地闯进了茶米家里，女孩看到茶米家里还有一个矢曼，疯了似的打开窗户就要跳楼。矢曼冷漠地看了一眼，竟然淡定地回房睡觉去了。

茶米顾不得解释，救人要紧，转身死死地拉住女孩，撕扯中砸碎了窗户，玻璃屑划伤了女孩也割伤了茶米，鲜血满地，也不知道来自谁的身体。

茶米来不及解释，便迅速把战场从家里转移到了医院，折腾了一整晚，直到天色大亮了，茶米才回到家里。

矢曼开门的时候面无表情："那女孩严重吗？"

茶米："缝了针，住了院，不会有太大危险。"

矢曼："那你伤口怎么样？医生怎么说？"

茶米："没事，就皮外伤，缝了几针，过段时间去拆线就好了。"

矢曼看了医院的病历，检查了医生给的药方，查看完茶米的伤势，才开口问道："那女孩是谁？"

茶米故作镇定地把路上编好的狗血而拙劣的故事，漏洞百出地跟矢曼说了一遍，叙述的过程中生怕矢曼听出破绽。

矢曼听完了故事，冷冷地回答了一句："好吧！记住这次教训，以后别把麻烦带到家里了。"

于是就自顾自地做自己的事情去了，茶米见矢曼如此平静，只当是暴风雨来临的前夕。

毕竟之前矢曼看见过茶米的暧昧信息也吃过醋，曾经和朋友一起出去，茶米不经意地搭了女性朋友的肩膀，矢曼也发过火。

谁知道茶米犹如等待受刑的犯人一样，忐忑了半天，矢曼却像这件事情从没发生过一样，言谈举止间丝毫没有任何异样。

这个始料未及的结局，把茶米震慑得不轻，他甚至开始怀疑自己对这个女人的了解有多少，但是管他呢，没有造成伤痕就好。

－6－

2011年中，茶米从外地出差回家。

矢曼在帮茶米整理行李的时候，发现他的钱包深处有两张电影票，其中一张电影票的背面分明写满了女孩热恋中的情话，而这些情话所倾诉的对象，正是自己的男友茶米。

茶米毫不知情地从浴室里出来，矢曼帮他吹干了头发，给茶米递过了睡衣，等茶米一切安顿好，躺床上准备睡了，矢曼才拿出写满情话的电影票，若无其事地问：“这是什么？”

茶米脸色一下刷白，脑袋里闪过无数的词语，实在找不出任何合理的解释，沉默了半晌。

矢曼见茶米没有反应，提高了嗓音：“这是什么？”

茶米实在编不出任何谎话了，干脆把心一横：“我不知道。”

一句“我不知道”让矢曼彻底地对茶米失望了，她失望不是因为茶米出轨，她失望是因为茶米不再费尽心思去掩饰，不再小心翼翼地呵护自己的感受。

那夜矢曼砸碎了家里所能看到的一切东西。

这屋子里的每一个摆件都是两人甜蜜的回忆，每一声破碎，都夹杂着几近窒息的不舍。声声透亮痛入骨髓。

茶米哭喊着，看着自己最爱的人，把这些年一起经历的记忆亲手砸得粉碎。

顷刻间，世界里除了眼泪，剩下的只有满地狼藉。

－7－

他们最终没有舍得放弃彼此，放弃两年多以来悉心筑立的爱情宫殿。

那几天矢曼和茶米住进了酒店，两人都没有勇气面对满地破碎的甜蜜。几天后，茶米拜托朋友去了之前的家里，匆匆地带上两人的证件和必需的行李，赔了房东两万元钱，这事就算了结了。

很快，矢曼和茶米就找了新的房子，一同住了进去。

一切用具都重新买了新的。

那夜太刻骨，他们没有带走和那夜有关的任何东西，因为生怕在某个猝不及防的瞬间，勾起不堪的回忆。

新屋子，仿佛带来了新的开始。

半年来，一切都如往常一样循规蹈矩，茶米上班，矢曼若是闲着在家就会为他做饭，两人吃得饱饱的，满足地躺在沙发上。

规矩是剪刀石头布，输的洗碗。

矢曼永远出剪刀，茶米永远出布。

偶尔茶米回家会给矢曼带一些小礼物，矢曼仍旧开心地接过，而后把礼物整整齐齐地摆在床头。

2011年底，茶米又升职了，接触了越来越多更浮夸的人，晚回家的频率也越来越高。

那段时间，茶米经常醉醺醺地回到家里倒头就睡，身上衣服上烟味浓重，矢曼因此犯了好几次鼻炎。

－8－

2012年，用QQ的人越来越少，有正事的都发邮件，没事瞎扯的，都用微信直接语音，当时我注意到矢曼的个性签名仍旧是“2012年4月10日，谁陪我看3D《泰坦尼克号》，我就和谁永远在一起”。

而茶米为了让自己洋气点，转战MSN已久，个性签名里的倒计时已经停留在一个被人遗忘的日子里了。

— 9 —

临近2012年4月10日，《泰坦尼克号》3D版即将上映，茶米早在消息刚传出的时候，就偷偷上网团购，买下了环艺影院其中一个小厅的所有座位。

整整90张电影票，茶米用彩笔一笔一画地，在每一张的背后写满了几年来他和矢曼发信息的情话节选，写完了之后，茶米又亲手把90份甜蜜的回忆折成了90只千纸鹤，小心翼翼地装在透明的漂流瓶里。

首映的那个早晨，茶米仍旧装作忘记了这件事，矢曼依旧睡眼蒙眬，穿着可爱的睡衣，摇摇晃晃地把茶米送到了家门口，轻轻亲吻了茶米的嘴唇，看着茶米走过了转角，才安心地回到床上稳稳睡去。

兴奋一天的茶米幻想了1000种矢曼收到礼物惊喜的场景，下了班就匆匆地往家里赶去，怀里揣着装满千纸鹤的漂流瓶，一颗心也毫无保留地装在了漂流瓶里。

家门口，香浓的猪脚汤隔着铁门传来了满满的归属感，家门前那盏昏黄的灯，坚定地守护着温暖的港湾，照亮了眼前的整个世界。

茶米还没靠近家门就流下了幸福的泪滴。

— 10 —

茶米满怀憧憬地打开家门，却发现矢曼其实不在家里。

锅里的猪脚汤火候正好，香味扑鼻。

当时矢曼从茶米钱包里翻出的两张电影票，安安静静地躺在桌上，沉默得几近窒息。

其中一张电影票的背面，原封不动地写着那个女孩对茶米说的热恋情话。

另一张的背面是矢曼的字迹。

“我原以为我的心胸可以包容，可《泰坦尼克号》今天上映了，我才发现你陪她做过的事，我便再也做不到陪你了。汤喝了吧，保重身体。”

－11－

我无法想象矢曼到底忍受着多么刺心的疼痛，才写下了那一行字。

更不能估量这女孩，究竟流出了多少泪水，才能毅然地在一天内，一条一条地删去QQ空间、朋友圈、微博、脸书上所有的和茶米这三年来走过的幸福和甜蜜。

2012年4月11日晚，矢曼发出了一条微博：

原来我早就丢掉了全心全意爱你的自己，而你也没发觉，你身上的烟味是再也洗不去了；原来不甘和习惯，可以让人误解为爱情还在那里；我一直幻想如果有一天我们分开会是什么场景，会不会说一些告别和安慰的话，来悼念一下这几年逝去的青春，谁知道我先走了，说什么都提不起兴趣了。

— 12

茶米从来没有想过4月10日早晨那个睡眼蒙眬、穿着可爱的睡衣、摇摇晃晃的矢曼，成了自己这段恋情最后的记忆。

也是那天我才明白，原来每一个离别，都可能是最后一次相见；每一个安然离去的背影，都可能是你我故事里最后的画面……只是那时我们都没发现。

所以如果他还在眼前，如果还能拥抱，那么请用尽整个灵魂的力气。

如果我们未曾分开

总有一个人会在路口与你相遇，久别重逢的，会告诉你是怎么来到的这里，素未谋面的会教你放下执念，忘了何故在此，而后往新的地方义无反顾地走去。

并不一定每一个相遇都是久别重逢。

但你若珍惜，请把每一个久别重逢，都当作初识的相遇。

2008年，我受朋友的邀请，到鼓浪屿一家小小的清吧，做了一个礼拜的代职总经理，那一年我20岁，而生活却早已深陷在灯红酒绿里。

可以说那是一次感性的放纵，远离酒色弥漫的Club，忘却夜生活那令人厌烦、震耳欲聋的音乐，在令人陶醉、沉迷的鼓浪屿，一个陌生的环境里，不提过去，不论将来，只是细心品味所在的职业，用心去感受形形色色的匆匆过客，体会一个素不相识的我和本不属于自己的际遇。

以下是我当时写下的日记：

— 1 —

2008年4月16日

这是一家旅馆的附带酒吧，环境幽雅，临近海边，靠近码头，落地窗可以隔着海面，看到全厦门的夜景，座位不多，生意不错，淡淡的爵士乐，每一个浮躁的灵魂仿佛都会为之沉醉。

第一次走进吧台，我就找好了吧台里灯光最佳的位置，这样有利于我在接下来的日子里时刻保持最帅的模样，这个位置视线广阔，可以轻易地观察每一个客人的神色，也可以在第一时间发现美女的踪迹。

开始上班了，带有地方口音的暴发户，带着一个相貌人畜无害的未成年小女孩，进门就喊："喜力先拿个20瓶。"看着像教授的先生，轻声温柔地问："请问这里有卫生间吗？"一群吉林过来的姑娘，对一切充满好奇，或许"鼓浪屿"在她们眼里过于神话了，以至于，她们看着我的眼神，似乎带有一种对于"文艺青年"的淡淡仰慕。

一位长得酷似陈奕迅的大叔，失魂落魄地在吧台独坐了一夜，喝了9瓶科罗娜。临近12点，酒吧已经没了客人，大叔向我要了一根中南海。

大叔："小兄弟，你知道鼓浪屿除了海边，还有什么地方可以去的吗？"

我："我也不常来，今天才第一天上班，所以也不太清楚。"

大叔好像喝多了："小兄弟，你失恋过吗？"

还没等我想好怎么回答，大叔就自顾自地说："我失恋了，就在前两天。”

他叹了口气：“你有没有觉得海边好像有一种特殊的魔力，可以把人的情绪无限放大？你知道吗，我前天刚来这里的时候是两个人，两个人的时候，坐在海边，就算不说话都那么温馨。

“现在变成一个人了，我以为我会无所谓，可那该死的海景、海风、海声，都好像在反复提醒我，我的生命里失去了什么，我住的又是海景房，天黑的时候，一个人更加难以面对那空旷的一望无际。”

我不知道该说什么：“喝杯烈酒吧，睡得快一点儿，离天亮还有好几个小时，难熬也很难逃离，这一杯我请你。”

大叔摇了摇头：“不用了，麻痹自己也不是办法，该面对的总归要面对，多花点时间置身其中，把伤感集中起来一次性痛清楚，想走出来也会快一点儿，小兄弟，谢谢你的好意。”

－2－

2008年4月17日

这是我上班的第二天，今晚的酒吧有点安静。

每个人都好像充满了心事，随意喝杯酒，看看手机就匆匆离去。

差不多10点，有一位优雅的女士坐在了吧台旁，浅浅的皱纹挡不住惊艳的魅力，古典的中式盘头，紫色礼服搭配皮草外套，正式得不像出来旅行，更像是在出席某一个典礼。

当我注意到她的时候，她正专注地看着身后那一对小情侣。

男生帅气高挑红色卫衣，女孩小鸟依人牛仔长裙，他们那么相爱，十指紧扣，身躯相互依偎一刻都未曾分离。

男生正借着店里的吉他，弹唱着一首歌曲献给女孩，环境太过嘈杂，没有人能听到男孩的歌声，只能通过女孩幸福纯真的笑容，去体会歌声里的满满甜蜜。

歌唱完了，注意到的人都面带微笑地无声祝福，没注意到的人依旧徘徊在自己的世界里，所有人都没留意到紫衣女士悄无声息地擦掉了眼角的泪迹。

时间渐渐地走到深夜，客人都走光了，只剩下那个优雅的紫衣女人还坐在吧台旁，一杯金汤力，只剩一个杯底，若有所思地摇晃着所剩无几的液体，微笑地叹着气。

这位紫衣姐姐告诉我今天是她的生日，她想唱首歌给自己，我帮她下载了伴奏，她借用了我们的功放和麦克风。

灯光昏黄，红唇迷离，一首《女人花》，每一句都倾诉得那么深情，好像歌词里每一个故事的主人公都是这些年的自己，嗓音沙哑随风摆动，紫衣女人如花似梦。

—3—

2008年4月18日

酒吧里熙熙攘攘，一张张陌生的脸上，写满了各种不同的情绪。

10点多的时候，前两天那位相貌酷似陈奕迅的仁兄，穿着正装，神态很酷地坐在了吧台边。

我笑着问他："科罗娜？"

大叔犹豫了一下："不喝啤酒了，给我一杯金汤力吧。"

没过多久，昨天唱《女人花》的紫衣姐姐也来了，坐在离大叔三个身位的吧台上，今天的她穿着普通的长裙，相比昨天随性了许多。

这两个陌生人各自喝着酒，分别和不相识的过客倾吐着或真实或向往的记忆，一夜没有交集。

又到了深夜，酒吧里的客人和服务员都走了，吧台里只剩下我，吧台外只剩“紫衣女”和“奕迅叔”。

紫衣女无意间把香烟掉在了地上，大叔弯腰捡起了香烟，用双手递还给女士。

紫衣女接过香烟，笑着对大叔说：“你知道吗，出来旅行最奇妙的事情，就是可以遇见无数的陌生人。你不知道他们的名字，不知道他们是谁，不知道他们来自哪里。他们也不知道我们将去向何处，归属哪里。有很多你不能和认识的人说的心声，可以尽情倾吐，因为在这一生中，这两个人的相识时光，也许只有这匆匆一刻。”

大叔坏笑道：“那今晚你有什么要倾吐的吗？”

紫衣女往大叔方向，挪近了一个身位：“聊一些和身边的人无法聊的事吧，你和陌生人发生过一夜情吗？”

大叔疑惑：“你在开玩笑吗？”

紫衣女一脸严肃：“我是认真的，我来鼓浪屿的时候是两个人来的，谁知道我们决定离婚了，现在自己开了个房间，明天夜里的飞机就要走了，总觉得在这么浪漫的地方，没有一点儿艳遇的回忆，好像很对不起自己一样。”

大叔苦笑着：“这么巧，我也是两个人来的，现在只剩我一个了。”

紫衣女指着我：“你知道吗，十年前我和我的男人来过这里，当时的他就像这位小兄弟一样年轻，他弹吉他，唱为我写的歌，后来就像变魔术一样拿出了一枚用稻草编成的戒指，突然跪下来跟我求婚。”

大叔有点鄙夷：“用稻草编的戒指，那也太没诚意了吧！”

紫衣女面带幸福：“是啊，但是我还是答应了。那一年他那么穷，我们却那么相爱，那时候我们还在这里藏了一张合照，上面写着当时对彼此说的话，然后约定每十年来这里一次，看看当时对对方说的话，然后拍一张新的照片，把此时要说的话写上去，再一起放进去。如果离婚了就不提这件事，我们也不再来鼓浪屿，就让那张照片默默地悼念那些年我们有过的回忆。”

大叔平静地说：“真有意思，最讽刺的是，你们一起来了鼓浪屿，而你却独自一人坐在这里。这么浪漫的主意一定是你想的吧？”

紫衣：“不，那是我男人想的点子，他平时有点儿傻乎乎的，但是对我却是全心全意，后来我们有了钻戒，在北京有了房子，去普罗旺斯补拍了婚纱照，就在前两天我还躺在他的怀里，他仍旧对我很好很好……”

大叔打断了紫衣女的叙述：“让我猜猜，后来那个男孩为了你拼命奋斗赚钱，草编的戒指换成了名贵的钻戒，租来的单间变成了三环内买的套房，你们过上想要的生活了。谁知道男孩事业越做越大，到后来几乎忙到了失去陪伴，所有的问候和亲吻都成了惯性，这又怎么躲得过女人天生的敏感，最后你终于选择离开，毕竟你爱上的是他的全心全意，而不是北京的房子和可笑的钻戒？”

紫衣女笑得花枝招展，又往大叔的身边靠近了一点儿：“是啊，多狗血的剧情，不过却那么真实，真实得躲都来不及，真实到要躲到这个小小的酒吧里，来寻求陌生人的慰藉。”

他们陷入了沉默。

紫衣女眼眸迷离：“是不是多数的男人都对没有碰过的女人充满了幻想？”

大叔笑着：“你呢？ 你是不是也对那些没碰过你的男人充满了兴趣？”

紫衣女终于坐在了大叔的身边，她轻轻地靠着大叔：“也许真的投入陌生人的怀里，不知姓名，不谈过去，不问未来，只是一夜狂欢，那种刺激感才能找回当年那种激情。”

大叔：“是啊，特别是像你这种漂亮又有阅历的女人……”

紫衣女没等大叔说完，就自顾自地说道：“你知道吗，前几天我睡在他身边，穿的是他从来没见过的性感内衣，但是他却丝毫没有在意，像死猪一样睡着了。”

大叔：“我为你的男人感到悲哀，我很难想象像你这么迷人的女人，竟然有人可以蠢到对你无动于衷。”

说罢，大叔眼色迷离地托着紫衣女的下巴就要亲吻紫衣女，紫衣女见此场景笑着站了起来，拿起包转身就朝酒吧门口走去。

局势的突然逆转，让我看得很是迷茫，大叔也困惑地急急忙忙付了钱，追了出去。

隔着玻璃窗，我能看见两人在门口轻微地拉扯、争吵，最后大叔拉着紫衣女的手，两人往大叔住的旅馆方向去了。

想来这个夜晚，大叔的海景房里，一望无际的海面不再满满的都是走不出的回忆。

有时候世界就是那么微妙，一个人在你的心上打上的结，往往都是由别人来解开，我们面对熟知的环境、熟知的人，那么刻薄，那样极力掩饰，却在陌生人面前，毫无保留地展现彼此，越是毫无瓜葛，就越是放纵激情四溢。

－4－

2008年4月19日

今天的天气有点微凉，酒吧里没什么人。

想来情侣都窝在旅馆的被子里享受着甜美的时光，单身的人不愿在微凉的海边，生怕某一个场景，忽然间勾起不堪的回忆。

晚饭过后最惬意的时刻，大叔和紫衣女手牵着手拉着行李箱，满脸幸福地来到店里。

大叔笑眯眯地对我说：“小兄弟，帮我个忙！你们酒柜上面第二排的第三瓶酒后面应该有一个小小的铁盒子，你可以帮我拿下来吗？麻烦你了。”

我疑惑地拿椅子垫脚，第二排柜子的第三瓶酒后面，确实躺着一个小小的铁盒，满是尘土，不知沉默了多少年月。

我把盒子递给大叔，大叔当着紫衣女的面甜蜜地打开盒子，紫衣女从包里掏出一张照片交给大叔，大叔兴致勃勃地拿起笔在照片的背后写了一行字，又把照片交给了紫衣女，紫衣女笑眯眯地也写下了一行字，然后小心翼翼地把照片放进盒子里。

在他们写字的时候，我注意到两人的无名指上都戴着一枚草编的戒指，当时我还在想，原来外面的世界情义已经薄弱到这种地步，想来紫衣女在把草戒交给大叔的那一刻起，昨晚的一夜激情已经转移了她曾拥有的10年爱恋。

他们把铁盒子交给我，让我放回原位，我说好，他们转过身手牵着手微笑离去。

那夜我始终没有把盒子放回去，一个小小的铁盒，勾起我满心对这个世界爱欲观念的质疑，甚至微微地感到有点不齿，最终我没忍住好奇，偷偷地打开了铁盒。

盒子里放着一张老旧的合影，仔细看照片可以分辨出，这两人正是紫衣女和大叔年轻时的模样，那一年的他们笑得那么甜蜜。

照片的背面有三行字迹：

有生之年，绝不负你

你要记得哦！

1998年4月18日

第二张照片，是大叔和紫衣女昨天的模样，两人相拥着，笑容依旧甜蜜。

同样三行字迹：

谢谢你还在我的怀里

我爱你

2008年4月18日

……

岁月是那么漫长，漫长到有人迷失自己，有人不明是非，有人愈合了伤痕累累，却仍旧不顾一切地走进伤痛里，漫长到让许多人忘记自己是怎么走到的这里。

但总有一个人会在路口与你相遇：久别重逢的，会告诉你是怎么来到的这里；素未谋面的会教你放下执念，忘了何故在此，而后往新的地方义无反顾地走去。

直到有一天我们恍然大悟，那些山盟海誓，曾经向往的金银满屋，都不如真真切切的陪伴来得温暖、实在。

才明白“我爱你”这简单的三个字其实包含了这世间最复杂的情绪、最沉重的意义。

并不一定每一个相遇都是久别重逢。

但你若珍惜，请把每一个久别重逢，都当作初识的相遇。

Chapter2

这辈子
有你活在我心上

有些人适合陪伴在身边，一起厮守年华；

有些人适合活在心里，时刻回想，都能温暖时光、惊艳回忆。

再理智，决定权都不在我们手里。

玩　世

你留给别人什么样的伤，总有人会以别的方式，把它原封不动地还给你，这也许是能量守恒的另一种体现，是宇宙定律，谁都不能逃避。

—1—

长得不好的男人要是想吸引女孩就必须有钱，长得暴帅的男人即便身无分文也是有机会把女孩带回家的；如果以上两点都不具备，那你就必须非常会讲话，不是像机关枪扫射永不停息的那种说话，而是每抛出一个话题都能把女孩逗笑，每一个对答，都能把话说到女孩子的心里去。以上三点能同时具备两点，就足以称之为恋爱达人，而这三个特征，却同时呈现在了茶米身上。

茶米30岁，是我认识的长得最帅的男人之一，不是李准基那种妩媚，不像阿汤哥那种俊朗，更不是德普叔那种充满了个性的复古朋克，而是真正符合传统审美标准的帅哥：一米八五的身高，四肢修长结实，五官端正立体，眼窝深邃，鼻梁高挺，配上满脸络腮胡楂，给人一种中东王子的感觉。只要和他一起，无论走到哪里，服务员和经理都会用英文接待我们。

他非常自恋。常年不变的圆寸头，总给人一种他不关心自己外表的错觉，而熟悉他的人都知道，其实他是自恋爆棚，认为自己已经帅到不需要用发型来修饰的地步。

在外人看来，茶米开房去的是准六星级的酒店，出门穿着永远是一身名牌，开着一台年份极为讲究的老款捷豹，一切排场都甚是体面，但由于我跟茶米的关系，我知道茶米并不是非常有钱，只是他非常能显摆，显摆得恰到好处，极有艺术。

－2－

在伦敦读过几年洋书的他，回来后，凭借帅气的外表和一口唬人的英语，混进了外滩的六星级酒店里，没两年就混成了小经理，年薪也就二十来万。

由于本身就在酒店工作的关系，他订房能拿到内部员工价，再加上和大经理的关系比较融洽，2000多元一晚的房间，不是节假日的话七八百元就能让他住一晚，于是他每次带了妹子要开房，就都把人带到他工作的准六星级酒店，直接刷房卡上电梯，场面很是唬人。

茶米和其他的伦敦海归一样，对着装非常讲究，对全世界各个时装品牌的动态了如指掌。牛仔类的美式现代时尚从来不入法眼，无论春夏秋冬，只要能看见茶米，永远是笔挺的各式正装，身上的每一件东西，都出自名见经传的名牌时装。他私底下告诉我，这些全部是世界各地过季的打折库存，其中有一小部分是超级高仿。

2012年中，他买了一台别人开了22万公里的二手老款捷豹，车主因为是朋友，长年不在国内，车子也闲置，才开价十来万就把车子转让给他了。

当我第一次见到这台车子的时候，我非常疑惑地看着茶米：“你……你确定你买的是这台车？”

茶米看着我满脸嫌弃的神情连忙解释：“欸，再怎么样也是捷豹耶！”

我：“捷豹是拽，可是旧成这样，内室都发霉了，这么破？”

茶米得意扬扬地说：“这就是你不懂了。我认识一哥们在杭州开修车厂，那些牌子不响的小破车都能改得老洋气了。我过两天把车开过去，花点钱维护一下发动机，换掉中控设备，改成香槟色真皮座椅，重新喷漆，喷成棕深红色，外形再做一点儿小改造，开出来你就知道有多厉害了！”

我：“可是你再怎么改款式不还在那里？而且这车都停产很久了。”

茶米：“欸，重点来了，这台车这个样子的时候就只有你一个人看到，将来要是有人问你，你千万记得跟大家说，茶米这个人对时尚非常执着，痴心沉醉于欧式复古，费了九牛二虎之力，才在大陆范围内找到这一年产的、这个款式的捷豹。这车精致的格调，完全是茶米先生对人生态度的一种完美呈现。”

我：“哦！”

茶米：“哦个屁啊！来，跟我复述一遍。”

我："欧式，精致，呈、呈现……"

我实在没忍住笑场。

茶米："赶紧的，跟我说一遍，来！茶米先生对时尚非常执着，痴心沉醉于欧式复古，费了九牛二虎之力，才在大陆范围内找到这一年产的、这个款式的捷豹。这车精致的格调，完全是茶米先生对人生态度的一种完美呈现。"

我："我能保持沉默吗？"

茶米叹息："那好吧。"

一个月后，那辆破车确实被茶米弄得很帅，也有点像他编好的台词里所说的那么一回事。从那以后，茶米泡妞的成功率直线飙升，几乎每次见到他，无论是喝下午茶、打篮球、吃晚饭、喝酒，他的身边仿佛永远都会有一个女生，而且每次不同，大多姿色过人。

按照他的话说，我只是这个空旷的都市里一具寂寞的肉体，如果你也寂寞，那我们各取所需，如果要谈感情，那就生人勿近。

没有纠葛，没有拖磨，有些女孩事后还能以朋友的身份相处，干净利落。

当然他也有失手的时候。

—3—

那女孩叫艾米，26岁，少年时做过模特，走过几场海外的时装周，后来模特这个行业玩腻了，便回了上海，在某知名品牌担任高管，无论样貌、收入、家庭条件都属于相亲桌上的不二人选。

她刚认识茶米的时候，只是理性地抱着排解寂寞的心态，和茶米一夜迷醉，之后聊得投缘，便上哪儿都约上茶米，有那么几天这两人是腻在一起夜夜笙歌。

后来他们各自回到了自己的生活，茶米依旧每天换着不同的女人，风光无限，而艾米纠结了几天，最终感性战胜了理智，决定遵从内心的感觉，把茶米据为己有。

一开始艾米只是约茶米烛光晚餐，看夜景，女孩还煞有介事地准备了几场表白，茶米一再拒绝之后，见局势失控，便逐渐消失。谁知艾米不离不弃，穷追猛打，到后来发展到又是下跪，又是自杀，又是恐吓，其轰轰烈烈的程度，比起《还珠格格》毫不逊色。

他们的最后一次见面是在一年多前的冬天，茶米在黄浦江边等人，不幸偶遇了他躲避已久的艾米。艾米缠上茶米，茶米一番苦劝，艾米仍旧不依不饶，茶米要走，艾米愣是不让，两人在外滩江边几番拉扯，茶米终于没了耐性，不耐烦地对艾米说：“我们只做朋友不好吗？”

艾米：“我不要和你只是朋友，我想要和你在一起，你还记得那天我们……”

茶米：“艾米，你不要这样！我们都清楚对方是什么样的人，如果做不成朋友，那就好聚好散吧……谢谢你给过我的回忆。”

说完话，茶米扭头拔腿就跑，只听见苍凉的呐喊声在茶米的背后响起。

“我会一直等你！用一生来等你！”

狂奔中的茶米一阵心酸，不是因为爱，只是希望女孩尽快走出回忆，不要再作践自己。

之后的两年里，我们都没有主动联络过艾米，也没有再偶遇，终于摆脱了纠缠的茶米，重新过回了原来的生活，每天开着捷豹，穿着西装，换着不同的妹子，无限潇洒。

也不知是真爱还是不甘，这个优秀的女孩接近两年没有走出那段回忆，偶尔刷新微博，能看见艾米的文字，每一条博文，都在暗示着对茶米的情感和无奈，字里行间满满的都是悲伤的情绪。

人总有被感情占据的时候，可当年，游戏规则确确实实摆在那里，玩不起又选择加入，最后满满的伤痕，留给的还是自己。

－4－

2013年秋，某天深夜，茶米给我来了个电话，说车子已经开到我家楼下了，有非常重要的事情。

我裹着睡袍无奈下楼。

茶米招呼我上车，给我点了根烟，满是兴奋地告诉我："兄弟，我这回泡了个无敌极品！"

说到极品，我也有点来劲："是不是啊！有多极品？"

茶米："那女的叫紫烟，法籍华人，祖籍好像也是福建的，三十六七岁，早些年嫁去的法国，有个女儿16岁，和老公离婚15年。"

当时我就惊呆了："你现在口味那么重了。"

茶米一脸回味地描述："重点是她皮肤超好，长得暴正，她不说年纪的话，看起来也就像二十八九岁，主要是那韵味，啧啧啧……而且对生活的品位完全无话可说，对欧洲又熟，聊起天来完全没有障碍，简直无可挑剔……”

我：“你大半夜开车来我家就跟我说这个？”

茶米：“我明天去三亚。”

我无奈地敷衍：“几岁了还学人家说走就走？”

茶米：“所以你要帮我喂猫！”

我：“喂猫？你这是要去很久的节奏？”

茶米：“这你就有所不知了，昨天我和那姐们儿聊嗨了，说到了热带海滩快艇冲浪什么的。谁知道她转头就订好了机票和酒店，问我敢不敢说走就走。我去，太他妈疯狂了！我有什么不敢？我已经跟经理调了5天年假，说走就走？走咯！”

茶米越说越兴奋：“这姐们儿太嗨了，长得又是我的菜，年纪在那里，成熟，有韵味，又懂男人心，对生活又讲究，现在又来一出说走就走，就是这个节奏！太他妈浪漫了，我这种心情你懂不懂？你懂不懂？”

我：“可以啊兄弟，现在玩得很大嘛。”

茶米：“那是！所以这几天我家Lucky你就帮忙照看一下咯。”

我：“行吧，你放心把钥匙给我，好好享受你的说走就走吧！”

茶米临走前还不忘丢一句：“改天我想办法把她女儿介绍给你！欸，不对，那我就变成你继父了，哈哈哈，哈哈哈！”

我用白眼目送着二手捷豹扬长而去。事实证明过度兴奋果然会引起脑积水。

－5－

之后的四五天里，茶米的朋友圈、微博、脸书，完全不见动态更新，想来是过于珍惜当下，珍惜得抽不出时间来经营那些虚拟的东西。

茶米回来的那天，刚下飞机便打电话找我吃火锅。我来到餐馆，只见餐桌上的茶米脸色苍白，一看就是纵欲过度，全身晒得黝黑，鼻梁通红起皮，墨镜处留下一圈白皙的皮肤甚是可笑。我不禁调侃："点两盘牛鞭补补呗？"

茶米："我已经点了5盘了。"

我一听："看来此行是很到位。"

茶米："是非常到位！"

我："到位就说明关系到头了呗？"

茶米有点支支吾吾："差……差不多。"

我见此神态："哎哟，米少也有犹豫的时候，别跟我说你也会舍不得？"

茶米也不掩饰："嗯，有一点儿。"

我："看你那样儿，何止是有一点儿。"

茶米："我得回去想想。"

我："见好就收吧，不是什么人你都驾驭得住的。"

茶米："这还用你说！别拿你微博里那些话来糊弄我，我回去衡量衡量，再见机行事。"

之后的那一周时间，只要是个人都能看出茶米魂不守舍，说起话来心不在焉，神色萎靡，参加晚宴也不和女孩子聊天，只是躲在角落里默默地摆着深沉，硬是把自己定位成了悲情男主角，神色甚是忧郁。

没过几天，茶米又神经兮兮地焕发活力，他兴致勃勃地告诉我，他决定和紫烟继续玩这个游戏，只是跟着感觉，认真地表达情绪，不要交往，不求结果，不问过去，不想将来，只图个心里不憋屈。

出于朋友的立场，我提出了很多质疑，他都用自己的道理一一反驳，我知道茶米已经迷失在“庐山”里。这种时候，已经多说无益。

－6－

茶米下定决心后，拉着我走了好多商场，最后在恒隆逛了半天，挑了一条几千元的领巾，说很适合紫烟，之后又去朋友那儿拿了一瓶带年份的巴黎之花（香槟），说这款酒最适合点缀紫烟的气质。

欣喜之情不言而喻，这是我和他相识这么多年，第一次见到他正正经经地想要哄一个女人开心。

那个周末，茶米试探着和紫烟聊着微信，聊了几圈之后，得知紫烟当晚没有外出的打算，茶米也不知哪来的那么老套的想法，偷偷地带着礼物，就往紫烟家的方向去，打算给紫烟一个意外的惊喜。

那天晚上，茶米穿着自认为最有型的西装，戴上克罗心耳钉，喷上了最适合约会的浓情香水，精心策划了最浪漫的剧情，自信满满地去了紫烟家小区。走出电梯，经过消防栓还不忘对着不锈钢镜面理一理领带，确保自己的造型所向披靡。

茶米站在紫烟家门前，忐忑地做了一个深呼吸，保持最标准的绅士微笑，敲门……

门的那边毫无反应，茶米再敲门……

仍旧没有反应。

茶米看了看表，想来这个时间紫烟不可能在休息，于是掏出手机就要发送微信，可微信还没发出，寂静中，茶米却听到了门里面传来了男女翻云覆雨的叫唤声。那一刹那，茶米就像突然被闪电击中一样头皮发麻。

几经恍惚，茶米试着把耳朵贴近紫烟家的门板，随着耳膜越来越靠近门板，屋里的叫唤声在茶米耳里逐渐激烈，愈加清晰。

那一刻茶米的脑子似乎被重重地砸了一锤，顿时火冒三丈，他愤怒地要去敲门，可当举起手的时候，却突然陷入无助的深渊，这是他这么多年来第一次说服自己面对感情，他害怕面对现实。

他不知所措，甚至不敢敲门，慌乱中他犹豫着站在门口，想等屋里的男女完事，再开门一探究竟。可随着叫唤声逐渐平息，茶米的脑子开始飞速幻想着各种对质的场面，越来越惊慌，直到叫唤声彻底平息的时候，茶米彻底地没有了勇气，他转头就跑，急急忙忙地按电梯，出小区，上车，快速踩下油门疾驰而去。但当车子刚开到转角，不甘的情绪，又让他掉头回了紫烟家小区楼下，那一刻他只想在车上看一眼到底是什么样的男人，破碎了他好不容易下定的决心。

等了片刻，没有动静，茶米又开始不知所措。他不知道怎么面对六眼相对的尴尬，开始坐立不安，懦弱无限蔓延，最后他启动车子，把车子停在拐角。他徒步回到了正对着紫烟小区楼道的地方，找了一个不起眼的位置藏了起来，独自躲在角落里等待宣判的到来。

几个钟头，茶米失落、不甘、愤怒，百感交集，从全身发热到四肢冰凉，最后瑟瑟颤抖，可他始终躲在那片不起眼的黑暗里。

天色微亮，一个年轻的男孩，从楼梯口走出来，在路边站了会儿，搭了辆计程车随夜色而去。天未破晓，茶米看不清他的面貌，但他能认出男孩脖子上围着的，正是他和紫烟第一次见面时，紫烟围在脖上的毛线围巾。

那一刻，茶米再也按捺不住，颤抖着双手给紫烟发送了一条微信："他哪里比我好？"

没过多久紫烟回道："你说什么？"

茶米："那个戴着你的围巾走出你家门的那个男人，到底哪里比我好？！"

紫烟久久没有回复，茶米按下语音键对着手机话筒歇斯底里地狂吼："他到底哪里比我好？"

紫烟发来文字："你和他之间不需要比较。"

茶米按下语音："我只要你告诉我，他——哪——里——比——我——好！"

过了许久微信才出现紫烟的文字："对我来说，他比你新鲜吧。"

茶米无力地坐倒在黑暗中边哭边笑，几秒后微信亮起："我们还是朋友吗？"

茶米回复："呵呵，谁和你这个婊子做朋友！"

紫烟："茶米，不要这样，我们都清楚对方是什么样的人。"

茶米看着这些似曾相识的文字，只觉得上天和自己开了一个天大的玩笑。半分钟的时间，窒息的沉默，黑暗中微信提示音再一次响起："如果做不成朋友，那就好聚好散吧。"

羞辱、谩骂，或者是假装洒脱地回一句“没关系”，钻心的讽刺让茶米想不出比沉默更合适的回应。片刻之后，微信最后一次亮起：“谢谢你给过我的回忆。”

茶米闭上眼，那年那个在黄浦江边执着的女孩，不依不饶的呼喊声，在脑海中回荡，久久不能散去：“我会一直等你！用一生来等你。”

茶米恍惚中，远远地似乎看见了自己奔跑着离去的背影。

— 7 —

事后一段时间里，茶米好像对自己深恶痛绝，也许是出于自我救赎，又或者是情绪的转嫁，洋洋洒洒地写了几千字的感悟和自我反省，说是要发给艾米，可随着伤痛一点点化为气质，心境随日月变迁，茶米文章中越来越多的文字，让他感觉到多余，而后一点一点地删去，到最后整篇文章，只剩下简单的几句话：

原来每个人，都有可能在某一个刹那，被感性彻底占据，所谓规则，所谓游戏，奈何真情说来就来，又有谁真的能玩得起？

我终于相信，你留给别人什么样的伤，总有人会以别的方式，把它原封不动地还给你，这也许是能量守恒的另一种体现，是宇宙定律，谁都不能逃避。

祝你幸福，对不起。

这段话，他至今没有发送出去。

嫁入豪门的男子

所有的绝代风华、金银满屋，在岁月的侵蚀下，终究都会成为海市蜃楼，只有那个爱你、爱到摔破自己的心也在所不惜的人，才会陪你看尽浮华褪去，十指紧扣，不离不弃。

—1—

张乔虽然没有明说，但是从平常的言谈举止和择偶观能看出，他是一个怀抱着嫁入豪门梦想的男子，而对于这个梦想在生活中的不经意呈现，随着年岁增长，表现得越来越强烈。

那年夏天我和一个女朋友刚分手，准确地说是在还没确定关系之前我就提出了只做朋友，这件事让张乔非常困惑。

那天张乔在我车上。

张乔：“你为什么不答应和她在一起？”

我：“总觉得性格不合拍，她好像什么事情都要掌控一样，我不喜欢这种感觉。”

张乔夸张地说："但是她开玛莎拉蒂耶，而且长得还不错，还是独生女！真不知道你在想什么。"

我："她开又不是我开，你激动个屁啊？"

张乔："你的脑袋怎么就这么不好用呢？你想想看，她家一个小女儿能开上三四百万的名车，那她家里得多有钱？再怎么样也得上亿，她现在那么喜欢你，如果我是你，就跟她结婚。她独生女，再怎么样那些家业最后肯定是让你继承，到时候车子你开着，房子你住着，再想办法从你老岳父那里弄点资金人脉，发展一点儿什么事业，又是人间一富豪，人生少奋斗300年啊！"

我："你有听过哪个传奇富豪是倒插门获得成功的吗？"

张乔："他们成功了，故事当然自己编咯，但是肯定有不少人走的是这条路！不过现在的有钱人也不傻就是了，你要是入了豪门，估计得熬一段时间才有机会从你老丈人那里求一点儿发展。"

我不以为然地说："昨天她说她要和我订婚，说如果我答应订婚，她就要把车子送给我，登记我的名字，还说用我的名字在上海买一套三房。"

张乔听了这话，疯了一样地要抢我的手机："你是不是脑子秀逗了，我帮你发短信答应她。"

我连忙收好我的手机："就是因为这样我觉得很不自在，这跟卖身有什么区别？她没说这些话的时候，我对她还有点感觉。你是不知道，她在说这些话的时候，那表情和态度自信爆棚，就好像我必须答应似的，简直就和一个大老板在对一个洗脚房小丫头说话的态度一样，我就是那个小丫头。"

张乔好奇地问道："那你怎么回答？"

我："我说还是做朋友合适一点儿。"

张乔像看神经病一样地看着我，激动地问："不是吧！！然后呢？"

我："然后她脸就绿了，还威胁我说什么机会只有一次，多少人求之不得，叫我不要后悔之类的！"

张乔沉默叹息。

我出于好奇："要是换作你，你真答应？"

张乔一脸正气凛然："当然了！如果她说的都是真的，无论如何我都娶了。你想啊，玛莎拉蒂300万，上海一套三房算他100平方米，就是500万，只要订婚而已就能得到接近800万的财产，如果结婚的话……"

张乔越说越兴奋，说到后来简直是在畅想自己倒插豪门的美好光景，听得我很是无聊。

－2－

张乔的婚礼办在一家五星级的酒店里，女方出资整整包下了一层，婚礼现场金碧辉煌，满满200桌亲友，场面甚是宏伟。

女方叫佳千，是我一个朋友的朋友的朋友的朋友，山西人，老爸一个人掌管几千人的集团，家业很是庞大。

如果不是因为那一天她和我抢埋单抢得气势如虹的话，想来在场没有一个人会意识到这个文静的女孩在这场聚会上曾经出现过。

如果这女孩双耳上戴的不是一克拉的真钻耳钉，想必也就不会有后来的这场婚礼。

佳千属于小家碧玉型的上品萝莉，长得不算惊艳，但大眼睛白皮肤可爱过人，从小学钢琴，气质平静如水，平常话不多，就连朋友和她说话，她都是唯唯诺诺的，受儒家文化的影响很是深刻。

婚礼大堂上，佳千站在右侧，脸上洋溢着无法抑制的幸福，纤细的手臂上挂满了纯金的手镯，目测一只手臂上的金子得有二十来斤，这让我怀疑她的臂力更甚于我。张乔站在左侧，小发型油光锃亮，一身爱马仕笔挺修身，面无表情，不知道的人还以为是铁汉柔情。一个娇小含蓄，一个魁梧雄伟，猛眼一看很是登对。

这是我极少数参加婚礼没有感动到流泪的一次，因为我分不清礼堂上的这对新人之间是否存在爱情，但至少此时的新娘是幸福的，因为她爱着张乔；此时的张乔是愉悦的，因为他知道新娘是爱他的，他也试着努力去爱新娘，但无论这种情感能否建立，至少这一场婚礼，让他向自己的富豪梦迈近了一大步。

婚宴平淡无奇，新郎新娘就像木偶一样，在媒婆和家人的各种控制下，走着各种各样的地方习俗。宴会上几乎没人喝酒，时间到了9点，放响了烟花，宾客们匆匆散去。

－3－

张乔并没有像想象中那样，摇身变成高富帅，女方家里只是给了他一辆闲置的奥迪A6先开着，佳千因为不想和家人一起住，让父亲在上海市区买了一套小两房，这离张乔的名车豪宅梦很是有一段距离，让张乔抱怨了好久。

婚礼之后大概一个月，我和张乔在吃夜宵。

我随口问道："新婚生活怎么样？"

张乔："也就那样呗，还能怎么样？佳千反正不上班不干吗的，整天在家待着打扫卫生做饭，像个黄脸婆一样。他们家人觉得我出来走秀，是什么戏子，很丢人，叫我别走秀了，一个月先给我点零用。"

我："哇，你岳父岳母给你零花钱，你拿得下去手？"

张乔："那不然呢？秀又不让我去走，难道天天在家里大眼瞪小眼，不用出门不用花销的？"

我："他们一个月给你多少钱？"

张乔："3000。"

我算了算："嗯，是少了点。"

张乔："对呀，所以我跟佳千商量着一起做一家火锅店，佳千也答应了，谁知道佳千的卡是信用卡，卡里面根本就没现金，她家的钱全都掌握在我丈母娘手里。后来她去跟我丈母娘说想投资，你猜怎么着？"

看张乔的神情，我问："不给钱？"

张乔："对呀！妈的气死人了，你说她老爸去趟澳门随随便便输掉十来万，我现在一个女婿要的也不多，就要二三十万做点小事情，他妈的竟然不给，而且还……"

见张乔又要滔滔不绝地讲钱的事情，我正要打住他，他放在桌上的手机突然响起，屏幕上显示着"老婆"。

我："先接电话吧，这么晚了你老婆也该着急了。"

张乔一脸不屑地接起电话，还没等佳千开口，就极不客气地对着话筒说：“吵什么！现在才1点多，你打什么电话？催催催！你催命啊？”

还没等电话对面有任何的动静，张乔就按下了结束通话，把手机往桌上一扔。

一通电话，看得我目瞪口呆：“乔爷，您这是家里吵架了？”

张乔得意地告诉我：“没吵架！吵什么架！她要是敢跟我吵架，老子就踹死她！这种贱女人就是要这样对她！我娶她的时候她有钱，我没钱，所以我更要有气势！我要压住她，不然她以后……”

张乔说得正来劲，桌上的电话又响起了，我看张乔的表情是要发飙，连忙抢过电话先接了起来：“嫂子啊，我是仲尼，我们现在正在吃夜宵，一会儿就……”

谁知道我话还没说完，张乔一把抢过电话：“我们现在在吃夜宵，一会儿就去夜总会见我老情人……你什么你！我怎么样关你屁事？你再废话我今晚连家都不回，就这样！”

说罢，他又以迅雷不及掩耳之势挂断了电话。

我瞪大了眼睛看着此刻的张乔，惊为天人。

—4—

之后的一年时间里，张乔的生活就像宫廷剧里的狗血桥段，一方面要装作善良的丈夫，讨好岳父岳母；一方面有意无意地把火气发泄在无辜的佳千身上。过了一段时间，张乔终于从佳千家里挪动了几十万资金，信誓旦旦地投资了一家小火锅店，花了30多万硬是把火锅店装修成了慢摇吧的感觉，场面相当违和。

开业那天张乔当着员工和朋友们的面，扬言要把他的火锅店做到比海底捞规模还大，5年内做满300家连锁，消息广为传播，朋友们纷纷来捧场。四五个月之后，朋友的捧场都捧完了，他们店的营业额也差不多接近零了。张乔摇着头，脱手了店铺，前前后后纯亏50万。

火锅店刚倒闭，张乔又不知道听了谁的怂恿，兴致勃勃地说要开一家日式调酒馆，在朋友圈里到处融资，他说他跟一个高手取了生意经，这一次保赚不赔。我出于不忍心打击他，出了两万元意思了一下，其他的朋友纷纷推托没有现金，苦恼之中最后还是佳千给的支持。这一次的小酒吧只支撑了4个月，刨除投入的成本不算，光员工工资、店面和各种开销，每个月净亏4万。

店面倒闭的时候，张乔内疚地说要还我钱，我说我一直有想法要在家里建立一个酒柜，就让他把没卖出去的那些酒全搬去了我家，当作我两万块钱买的，他叹息着同意了。

后来张乔痛定思痛，把这一切的失败都归咎于后期的资金不足，没能撑过困难期，于是对佳千的坏脾气变本加厉。

那段时间佳千几次打电话跟我诉苦，声泪俱下地诉说着他对张乔的爱和无可奈何。我作为一个外人，尽力劝说之余也是听得感慨万千。

—5—

大约2012年底的某一天下午，张乔疯了一样开心地约我喝酒。

晚上我刚到酒吧就看见张乔约了无数的女模特，硕大的卡座上摆满了名士和巴黎之花。

一夜狂欢，张乔就像父母出差好不容易开场Party的高中生一样，生怕浪费这每一秒钟自由的时光。到了下半夜，朋友们或临时凑了个对开房去了，或喝多了被保安抬着出去。酒吧里的客人差不多走光了，先前热闹的大卡座上只剩下清醒的我，陪着喝醉的张乔，孤独地在音浪里毫无情绪。

张乔摇晃着举起杯子，违和地笑着："仲尼，今天是我的离婚Party！老子太他妈开心了！终于摆脱了那个死黄脸婆，来喝！"

我听了这话吓了一跳："哇，什么情况？"

张乔喝光了杯中的香槟，一把把水晶杯砸在地上摔了个粉碎："佳千那个臭婊子，前天要和我离婚。"

我惊奇地问："那……总得有个原因吧？"

张乔做出一副无所谓的模样，又喝光了一杯酒："我不知道，前一天还好好的。"

我试探地问："是不是你出轨被发现，还是对她太不好她受不了了？"

张乔："没有。"

我："是不是女孩子闹脾气，想要你哄一哄？"

张乔突然暴怒："没有！没有！没有！没有！都没有！"

张乔一甩手，把桌上所有的东西都摔在地上："老子他妈的跟狗一样哄了她两天！两天！她根本就无动于衷，她……他妈的根本就是在通知我，根本就没和我商量的意思！"

满地狼藉，支离破碎。

我：“条件谈了吗？”

张乔冷笑着：“她让律师通知我，一个礼拜之内签离婚协议，婚房和奥迪归我，超过一个礼拜签协议就让我净身而出，呵呵，就算赶走一个两年的保姆也不带这么现实的吧。

“人们都说婊子无情，我看有钱人才真无情，仿佛掌握了金钱，就掌握了这个世界上最厉害的武器，高高在上的，从来没有把别人的尊严当作尊严！难道我张乔在她佳千眼里，就值这么一点儿钱吗？

“老子就不签了！就算他们家权大势大，早晚有办法让我走，老子他妈的就一分钱不要。我要让佳千知道，她用钱是买不到我张乔的尊严的！”

说着，张乔靠着我的肩头号啕大哭，炙热的眼泪，从失望划过绝望最后淋湿了我的肩头。

夜上海，狂欢的仍旧狂欢，一掷千金的人们仍享受着崇拜的眼神。

这个角落里的哭声，被音乐和暗夜了无痕迹地掩去。

－6－

我们几个朋友尝试着打电话劝佳千，一开始电话还能通，后来就直接转成了空号的提示，想来是被拉进了黑名单里。

没过多久，张乔约我喝茶，他告诉我他如期签了离婚协议。

我叹息：“你这样做，是明智的！”

张乔："是啊，既然白给，那还是要吧，车子转得急才12万就出手，房子卖了600多万，钱先汇到我表哥的户头了，以免那神经错乱的婊子想想不对又来要回去。"

我无奈："你也挺狠。"

张乔："是她先无情，我才无义的！"

我："所以到最后你搞清楚状况没？为什么她突然要离婚？"

张乔："管她什么原因呢！我现在已经不想知道了，反正我现在也算是大半个千万富翁了，过段时间回厦门车子买一辆，房子买两套，出租一套住一套，有房有车有收入，有事没事健健身、走走秀，小日子不要太清闲。"

我："你想得通就好。"

张乔冷笑着："想得通？呵呵，她通知完我要离婚，连面都不见！你说我还有什么资格想不通？"

我们从憧憬满盈，到一再叹息，最后我们只能选择往最好的方向去妥协，一而再，再而三， 三而无尽，这就是生活。

—7—

两个月之后，我在家上网，突然看见网页上有一则新闻写着"××××集团总经理×××因涉嫌行贿、走私等多起商业罪，罪名成立，犯罪嫌疑人现已被拘捕，没收名下所有财产……"

我想了想，这名字不正是佳千父亲所创建的企业吗？

疑惑中我把网页拍了下来，用微信发给张乔。

张乔冷冷地回了一句："看我的微博。"

我翻开张乔的微博，第一条就是这篇新闻的截图，附带的文字是：看吧，这就是他妈的报应！真是痛快啊！这个小贱人也有今天的下场，她从小娇生惯养，屁都不会，现在家里倒了，最多也就去星巴克打工调个咖啡什么的，到时候老子再开着奔驰去消遣她，哈哈哈。

没有评论转发，也没有人点赞，一条微博孤零零地挂在那里，除了张乔的悲愤，看不出这个世界的任何情绪。

－8－

半夜里，我和往常一样，翻看着微博，无意中发现张乔的那条微博下面，多出了一条评论。

“佳千揉碎了心，流干了眼泪，自己一分钱没留，都是为了能保住你不受牵连，谁知道你能这么没有良心？”评论他的是一个没头像、没名字的潜水粉。

一句留言看得我满脑子都是蹊跷，越想越不对劲儿，我思绪凌乱地急忙给这个人发了许多私信，但久久都没有回音。

我望着空空如也的对话框，努力回想事发经过，无数种可能性不由自主地从脑子里蹦出，纠结中我觉得还是给张乔拨个电话为妙，谁知一连几通电话拨过去，张乔的号码都始终保持在通话中。

－9－

一直熬到第二天清晨，我终于拨通了张乔的电话。

我：“打了你一个晚上电话，你怎么都在通话中呢？”

张乔的声音听起来有点儿急促：“废话，那当然在打电话呗。”

我：“欸，说正事，我昨天晚上看到你微博有一条留言，觉得你和佳千的事挺不对劲儿的，我给那个神秘人发私信……”

张乔：“我昨晚就是跟那人打的电话。”

我：“那……”

张乔：“你猜对了！”

我一下没反应过来，电话那边却传来了嘈杂的人声。

张乔：“你有什么说的赶紧说，我这边飞机快起飞了，空姐催我关机呢。”

我疑惑：“你是要飞去哪儿？”

张乔：“新加坡！找佳千。”

我：“佳千在新加坡？”

张乔：“千真万确。”

一句简单的回答，把万千的疑惑和大量的信息捋成了一条清晰的思路，疑云豁然开朗，我心中所有的不解，都化为了感动的泪滴。

我欣喜若狂地抽泣着，声音很是别扭：“你小子！钻戒买了没？”

张乔：“没来得及，下飞机在新加坡买吧。”

我：“准备买多大的？”

张乔：“50分、70分吧。”

我调侃：“没一克拉怎么够诚意？”

张乔：“一克拉有多贵你知道吗？”

我：“欸，那你知道人家住哪儿？”

张乔：“不一定！”

我：“什么叫不一定……”

我话没说完，电话那头又传来催促的女声：“这位先生，飞机真的要起飞了，请您尽快关闭移动电源。”

张乔急忙说：“不说了，不说了，挂了，就你废话多！”

那一刻我明白了，团聚若是离心，也不见得就一定幸福；破碎若是爱意满盈，反而令人暖流满心。

所有的绝代风华、金银满屋，在岁月的侵蚀下，终究都会成为海市蜃楼，只有那个爱你、爱到摔破自己的心也在所不惜的人，才会陪你看尽浮华褪去，十指紧扣，不离不弃。

至今张乔先后去了新加坡三次，始终没有找到佳千，但一克拉的钻戒依然执着，背熟的求婚词，依旧满载着希望。

八万四千年

也许当年的时光，就该搭配当时的我们，发生着那样的故事。再相见，哪怕物是人在，我们也不再属于那个时代；再相见，哪怕桃花依旧，当年的激情也抓不住回不来；再相见，也许真的不如怀念。

－1－

娜娜是茶米和矢曼交往中的一段小插曲。

茶米离开娜娜已经一年了。不知是因为不舍，或者是心疼自己爱得那么傻，奉献得那么真，总之时光的流去，并没能让娜娜停止怨念和不甘的泪滴。

对于娜娜而言，偶然经过某一条街道，坐在某一家咖啡馆，迎来某一个雨天，甚至江边吹来一阵凉风，都能隐约看见当年茶米的身影和一连串甜蜜的回忆。

仿佛所有往事都被时间磨成粉末，散落在上海滩的每一个角落里，越是用力逃离，那回忆的尘埃便越是飞舞肆意，让人无力抗拒。

－2－

石山对娜娜那么好那么真，好到身边的朋友都为石山心疼。

娜娜想看演唱会，石山在售票前两天就去售票处搭了帐篷，只求买到娜娜心仪的位置。

娜娜半夜想吃冰淇淋，石山一定会在20分钟之内带着冰淇淋赶到娜娜家的楼下，不求拥抱，不求感动她，只是希望看见娜娜的笑容，对于石山来说已经是天大的满足。

相处久了，石山知道了娜娜爱喝哪一款水，爱吃什么样的零食，家里常备的是哪一种米，喜欢什么菜系。不知从什么时候开始，石山包揽了娜娜家里所有的供给。

所有人都在劝娜娜忘记茶米，甚至不惜说遍了茶米的坏话，只希望娜娜能看清那个花花公子，看清自己。

我记得当时我发过一条微博，内容大概是：转过身，看看没有他的世界，可能有点凉，但是阳光依旧是明媚的，视野却是更加开阔。吸一口清新，那自由的芬芳，就舞动在你身边，缠绕在你身边，缠绕在你指尖，还有什么比这更为可贵？其实幸福或折磨都是自己给的，没有谁活着离不开谁。别回头，放了自己，走下去。

我发这条微博的用意，也是委婉地劝说娜娜不要放不开自己。

那夜娜娜把我的微博截了图，发来了微信，消息只有四个字：谈何容易。

－3－

时间一天一天过去，娜娜枕头上却依然有未干涸的泪迹。

越来越多的人想着办法转移娜娜的注意力，两个月后，娜娜被朋友怂恿着，参加了新丝路模特大赛。

繁忙的比赛贯穿了娜娜的生活，娜娜的微博和朋友圈所发的图片和文字，逐渐变得开朗，忧伤的文字越来越少，仿佛一切伤痛已经被搁置在心里某个不常光顾的角落里。

比赛结束了，娜娜获得了地区亚军，被评为了全国“十佳车模”，签约了很知名的模特公司，生活开始变得充实而又光鲜亮丽。大约从那时候开始，娜娜微博上的文字变得充满了正能量，她每天晒自己的美照和朋友的合影，油妆粉面地出席各式各样的典礼。

走出了阴影的娜娜没过多久，终于接受了石山，只是在一起没有同居，微博上秀出了恩爱的约会照，一字一句都是满满的甜蜜。

看着这些甜蜜的字句，恩爱的照片，身边的朋友和满怀愧疚的茶米也终于松了一口气。

– 4 –

石山一如既往地对娜娜百依百顺，随叫随到，娜娜想要什么都竭尽全力地给予，但他们始终没有同居。

2011年初，突然有一天娜娜打包了满满的一个行李箱去了石山家里。

石山见状，当下就反应过来了，又惊又喜，他连忙把娜娜迎进家里，兴奋地帮娜娜收拾行李。

娜娜趁着石山忙活，随意地参观了石山的公寓。

原来石山早就按照娜娜的尺码买好了拖鞋，一双塑料拖鞋是给娜娜洗澡时穿的，一双毛茸茸的卡通拖鞋，是准备给娜娜平常穿的。

卫生间里，洗脸台上的杯子是两个，其中一个杯子里的牙刷分明是没人用过的。

洗浴台边，挂着两条浴巾，一条灰色的男士浴巾，而另一条全新的浴巾上，有娜娜最喜欢的Hello Kitty。

冰箱里满满的都是娜娜平常喝的牌子的水和喜欢吃的水果。

石山不吃零食，而沙发边上却摆满了娜娜喜欢吃的薯片和小熊饼干。

一切看在眼里，娜娜会心地笑了，而这每一件石山为娜娜备好的物品，仿佛随着娜娜的笑容也都在开心地笑着，仿佛在迎接等待已久的女主人一般！

那一刻，娜娜发觉自己终于把所有那些有关茶米的伤痕，转化为逐渐淡去的疤痕，默默地搁置在心中的一个小角落里。

那是娜娜第一次亲吻石山，无尽的缠绵，如梦境般美丽。

－5－

第二天醒来，娜娜看看熟睡的石山，看看石山为她精心准备的每一件物品，看了看阳光，又看了看自己，突然无法抑制地哭了起来。

哭泣声惊动了熟睡的石山，石山见娜娜流泪不止，慌张地抱着娜娜问："怎么了娜娜，是不是我哪里做得不好委屈你了？是不是弄痛你了？娜娜对不起，是不是我不小心伤害你了？"

娜娜泣不成声地抱着石山："不是你……你对我很好……对我

太好……是我不好……对不起……对不起……我还是没能走出茶米留给我的回忆……”

上一次她在男人的身边醒来，身旁躺的是茶米，场景那么相似，还是勾出了那段日子里的无数回忆。

她忘掉茶米，爱上石山，那只是朋友们努力帮忙转移注意力的假象，她对石山的情感，只是一种感动和感激。连她自己都不知道，茶米的身影其实从未离去，一直以来自己只是努力，狠狠地把他压抑在心里的最深处。

封印松动了，好不容易平静的心再一次被有关茶米的回忆占据。

石山强忍着委屈和不甘，安慰道：“没关系，我会一直等你，等到你忘记他的那天，再用心地抱住你。”

—6—

娜娜：“仲尼，我决定去泰国求四面佛。”

我：“求什么呢？”

娜娜：“求茶米回心转意。”

我：“我听说求四面佛是要拿东西交换的，虽说我是不信的，但这事情可玄乎了，我劝你还是不要去好一些。”

娜娜：“我已经和泰国的僧人许下了宏愿，以半世的寿命，换茶米回心转意。”

我叹息：“你既然连生命都可以不要，为何不想更多的办法去追回茶米？”

娜娜：“我已经想不出别的办法了，就连聪明的你也想不出了，不是吗？”

我无言以对：“当作去散散心吧，换个环境总归能换个心情，那些信仰的东西我也不好妄议，你就当求个寄托吧，不要太过偏激。”

－7－

娜娜一去就是三周，朋友圈、微博、脸书就像一个普通的游客一样，发着不痛不痒的风景和美食，其间没有和任何人联系。

我去机场接她的那一天，娜娜的皮肤晒得黝黑，脸上的笑容挂着发自内心的开朗和释怀。

车上，娜娜：“我终于想通了，这么久以来都是我自己在跟自己过不去。”

我附和着：“哇，你才想通？”

娜娜：“这么长时间，我纠结了自己，也没少让你们费心，我想约茶米吃顿饭，算是给自己、给大家一个交代。”

我冷汗狂流：“真的假的？”

娜娜认真道：“真的，何必把回忆弄得那么狼藉，吃顿饭，道个歉，给这段关系画上一个圆满的句号。”

那天我才明白，原来不一样的环境，能带给人不一样的心境，真的能让人遇见未知的自己。这是我几年来第一次见娜娜笑得如此开心，无论何种机缘，无论何种寄托，至少曾经那些放不下的，现在已经不在娜娜的心里了。

—8—

2011年情人节的下午，娜娜约茶米出来，娜娜说这个日子最适合为我们这样的关系画上句号，然后以朋友的身份面对全新的彼此。

茶米听过我在机场见了娜娜的一番感悟，也是感慨万千。那天他跟家里的矢曼说应酬领导，带着一个平和的心态就应邀去了。

傍晚，娜娜一身红色的露背晚礼服，一条大红色的披肩，洁白的肌肤若隐若现，黑发红唇艳丽无比。

娜娜轻松地笑着："今晚，是我们那段纠结关系的最后夜晚，不提曾经的恩怨是非，只求这个句点，圆满美丽。"

娜娜笑容里的释怀感染了茶米，茶米也放开了愧疚和不安的情绪，恢复了那个谈笑风生、每一句话都能说到女孩心里的自己。

酒杯交错，两个纠结的冤家，终于拿出了最真实最原始的自己面对彼此，娜娜很久很久都没有笑得如此甜蜜了。

一顿晚餐，娜娜兴许因为太过开心，毫无节制地任香槟流淌进胃里，最终醉得不省人事。

茶米把娜娜扛到酒店，把她轻轻地放在床上，帮娜娜脱了鞋，开好暖气盖好被子，感触万千地看着这个痴情的少女。

最后茶米忍住了在娜娜的额头上留下一个轻吻的冲动，离开了酒店。

酒店门前，茶米深深地叹了口气，叹的是这么长时间的愧疚终于落下了心头，叹的是美丽的娜娜终于放下了自己。

所有的恩怨是非终于停止在了这里。

— 9 —

离情人节结束还有一个小时，茶米匆忙带着鲜花和巧克力赶回家去。

轻易地哄好了矢曼，一切完美。想到那些或哀求或咒骂的私信短信，再也不会猝不及防地搅进自己的生活里了。

这么久以来的愧疚终于放下，茶米一如既往地拥抱着矢曼，如婴儿般安心睡去。

— 10 —

天色微亮，娜娜在酒店里醒来，顶着狂晕的脑袋，踉踉跄跄地颠到茶米家门口，用早就偷偷配好的钥匙打开了茶米的家门，静悄悄地走了进去，打开房门，她看见茶米躺在床上，抱着矢曼，两人仍旧沉沉睡着，丝毫没有察觉娜娜站在旁边。

娜娜含着泪幸福地笑着，轻轻地把身上的大红色披肩拿下来，平平整整地盖在熟睡的茶米身上，她深情地看着茶米，小心翼翼地从包里掏出了一把锐利的瑞士军刀，双手颤抖着举着军刀，刀刃一点一点地往茶米的喉咙口挪去。

原来娜娜在泰国的时候，找过一位蛊师，在那个阴森得让人发慌的古庙里，蛊师对她说："两个人若是包裹在鲜红里同时死去，那这两个灵魂便会在一起一劫不可分离。"

娜娜问："一劫是多久？"

蛊师："八万四千年。"

— 11 —

刀刃徘徊在熟睡中茶米的喉咙前，始终没有向下半分。

时间一分一秒地过去，娜娜从幸福，到怀疑，到害怕，强忍着放声大哭的冲动，到后来变成压抑着气息悄无声息的抽泣："八万四千年……八万四千年……"

她太爱茶米了，爱到连那可笑的"永恒相伴"就在面前，也不忍心伤害茶米一丝一毫，莫名的压力和恐惧排山倒海地朝着娜娜扑面而来。娜娜再也不能压抑住气息，所有的情绪转化成了歇斯底里的哀号、哭泣。

一声哭泣，把茶米惊醒，黑夜里茶米看着站在床边的红衣女人，被吓得魂不附体。

慌忙中他看清了这女人是娜娜，还没等矢曼反应过来，就一把用被子捂住了矢曼，不想让矢曼看到发生的事情，拉着娜娜就往客厅里跑去。

茶米愤怒地说："不是说好了最后一次吗，你为什么跑来这里？"

茶米维护矢曼的举动，又激起了娜娜的占有欲，泰国古庙里的场景，在娜娜的脑海里开始无限放大、盘旋，酒精上头的她彻底失去了理智，她愤愤地说了一句："我为什么在这里？我为什么在这里！我要永远和你在一起！"

说罢，娜娜举着军刀就径直朝茶米的喉咙捅去。

茶米长年学习搏击，他不知道娜娜手里有刀，于是没有闪躲，只是轻轻地用手指把娜娜的刀刃挡开，挡开之后才发现那把锐利的军刀，已经深深地划伤了自己。

娜娜见伤不到茶米，愤愤地说了一句：“好，既然我伤害不了你，那我就解脱自己。”

说罢便要往窗外跳去，撕扯中玻璃的碎屑把娜娜的手臂割得伤痕累累，鲜血满地。

－12－

医院里。

娜娜和茶米缝好了针，娜娜伤情严重，医院给她安顿了一个床位。

娜娜看着茶米手上的伤：“你怎么样？”

茶米笑着：“只是掉了几块肉而已，没有大碍，好了，你安顿好了，那我就先走了。”

娜娜死死地抓住茶米的衣角：“你不要走，你别走，你在这里陪陪我好吗？你掉的肉，我可以割下来还你，我就求你陪陪我，哪怕10分钟也好。”

茶米知道此时的娜娜是最无助的，但他也知道如果现在再留下来陪她，那自己的身影在娜娜的心里就永远都抹不去了。

茶米狠下心来：“不了，我走了，今后也不会再来看你了。”

这句话，比娜娜缝针的时候，一针一针地扎进肉里，还要让她痛彻心扉。

娜娜的哭声响彻了整个病房，茶米不敢回头，因为他不想让娜娜看见自己的泪水。

— 13 —

第二天茶米没发信息给娜娜，他瞒着矢曼带了一屉小笼包和一碗补汤，偷偷地交到护士手里。

他交代护士一小时之后把这两样东西热一下，送到娜娜病房里，给娜娜的时候一定要说这是医院的福利，千万不要说有人来过这里。

交代好了护士，茶米临走前出于不忍，悄悄地跑去娜娜的病房门口偷偷地瞄了一眼。

病房里，鲜花和水果环绕着病床，娜娜满是笑容地安慰着泣不成声的石山。

茶米想了想，走回护士台，要回了小笼包和补汤，随手扔进了垃圾桶。

— 14 —

几年后，茶米和娜娜最后的相遇，是在一条马路上，两人要去同一家KTV，等红灯的时候，娜娜惊奇地发现了茶米。

茶米看见娜娜："好巧，你也去唱歌？"

娜娜心有余悸地："是啊，好巧。"

一路无语。

电梯里，娜娜先开口："你瘦了，变难看了。"

茶米笑了："太多沉重的回忆，让人不小心变老了而已。"

那天晚上娜娜发了一条微博：

我曾经设想过很多次久别重逢的场景，谁知道就在今天……突然地遇见……我以为我会欢笑，我以为我会流泪，原来我已经没有了任何情绪。

也许当年的时光，就该搭配当时的我们，发生着那样的故事。再相见，哪怕物是人在，我们也不再属于那个时代；再相见，哪怕桃花依旧，当年的激情也抓不住回不来；再相见，也许真的不如怀念。

最有魄力的傻子

其实所谓背叛，不过如此，你看不开，那就是一生的追悔，永远都无法原谅；你看开了，这只会是你心爱的人，在迷茫时候不小心的失足。

生命短暂而脆弱，只愿尘埃落定的那一瞬间，我们都是笑呵呵的。

–1–

田大山是我认识的最有魄力的傻子。

十二三岁的时候，他就和木夕在一起了。那时候木夕家里富裕，大山家里贫困，大山为了让自己能和木夕门当户对，16岁就辍学跟着表哥学做建材生意。那时候的他每天都以将来一定要娶木夕为动力，起早贪黑，比任何人都努力，1年之后就自立了门户，3年买别克，5年买公寓，7年换奥迪，隐隐成为了我们圈子里的创业传奇。

大山属于天不怕地不怕的类型，唯独对木夕唯唯诺诺。木夕不让大山抽烟，大山忍着10年的烟瘾，只要木夕在场，就绝不伸手拿烟，就因为这样，我们经常当着木夕的面故意给大山递烟，他只能满脸尴尬地回绝，昧着良心号称从不抽烟，小眼神恨不得杀死我们，逗得我们甚是欢喜。

有一次我开车去接大山，大山刚从小区出来，他见到我的第一件事情，就是找我要一根香烟，然后急急忙忙地点上，满满一口吸进肺里，表情比服了伟哥还要满意，谁知道我俩刚要走去开车，只听6楼的窗户就传来了木夕彪悍的叫声："田大山！"

大山听见家里传来的河东狮吼，立刻以迅雷不及掩耳之势，丢掉了手中的香烟，抬头傻笑着看着楼上的木夕，还没等木夕开口，大山就先说："我没抽烟。"

木夕的眼神愈加犀利："那你刚才手里拿的是什么？"

大山尴尬地笑着："哦，仲尼刚才……绑鞋带，对！绑鞋带，我帮他拿一会儿而已。"

木夕："仲尼穿的明明是带拉链的靴子，怎么会有鞋带？"

大山："……"

闹剧持续了20分钟，我在旁边抽着烟笑了20分钟，最后大山一个劲儿地跟木夕道歉，又是答应做菜，又是答应写保证书的，我们才得以顺利上车。

车上大山无奈地叹了口气，摇了摇头开始唠叨："我家那只母老虎，唉……"嘴上虽然抱怨着，但脸上的幸福神情确实无以言表。

—2—

隔年秋末，大山换了一个三房的公寓，木夕的家里终于同意了这门亲事，大山满心喜悦地开始筹备年后的婚礼，看着这么多年奋斗的目标终于就要实现，那段时间的大山哪怕走路摔个狗吃屎，也不能抑制脸上的傻笑。

婚礼前一个月，在某种离奇巧合的情况下，我和竹也听闻了木夕在外面有了别的男人。对方叫小理，是一个酒吧的舞者，长得不太帅，没钱没地位，但是据说口才奇好，一张甜嘴骗了不少女孩。

我们怎么想都想不通，木夕怎么可能会放着如此爱她、如此优秀的大山不要，去和这样的小角色厮混在一起。于是我们瞒着大山展开了调查，调查的声势惊动了木夕。木夕气冲冲地跑来找我们，当着我和竹也的面亲口承认："我和他睡过了。"

这句话出来，我的脑袋瞬间陷入一片空白。我想质问，几次欲言又止找不到语言，毕竟事情已经发生，质问出任何的答案，又能改变什么?

我气得发抖："我要告诉大山。"

木夕却一脸坦然："你们也都知道，大山这么多年那么拼命地打拼，全都是为了我，如果你们把这件事告诉他，他说不定开着车就往黄浦江里去了。"

我："……"

木夕："现在大山最想要的就是跟我结婚，你们不要把这件事情告诉他，婚礼之前我会和小理分手，把这件事情处理得一干二净。"

几天的挣扎，我们最后还是选择没有告诉大山。当时我们想，一件事情，对当事人有没有影响，重点不是当事人介不介意，而在于当事人知不知道，恩怨是非，若成为过往，那便是子虚乌有的幻影，时间一旦过去了，又没什么证据能够说得清道得明。

我和竹也只想着等木夕处理干净了，这件事情就永远地埋藏在我们的心底，谁也不提，木夕一样当她的贤妻良母，大山就能这么傻呵呵地笑一辈子，这也许对大山太不公平，但我们相信只要在木夕没有离开的前提下，一切的负面消息，大山自己也会选择不要知道。

－3－

那是一场最传统的中式婚礼，婚礼当天，金碧辉煌，熟的朋友带着不熟的朋友，不熟的朋友带着不认识的朋友，整整80桌，出席了将近1000人。

大山和木夕，拜完了天地、父母之后，大山笑呵呵地任凭司仪捉弄，在做了50个俯卧撑，唱了一首全曲跑调的情歌之后，终于把戒指戴在了木夕的无名指上。大山拿着麦克风致辞的时候，几度哽咽，眼泪里满是喜悦，毕竟那么多年的情感终于修成正果，亲友们也都感动得眼眶泛红，每个人都举着手机不停地按快门，生怕遗漏下这甜蜜的每一秒。

那时候微博刚刚流行，许多人都写下了甜蜜的祝福，带着照片把祝福发上了微博。

婚礼到了一半，新郎新娘开始敬酒，空当间木夕气冲冲地跑过来对我们说："仲尼，给我把微博删了！"

一句话把我喊蒙了，我发微博祝福她，她要我删了，她一定是怕某些人看见，为什么只叫我删？因为关注我的人多，说不定就有她忌讳的人在其中，她能忌讳谁？当然是她的小情人小理，也就是说，小理其实也不知道大山的存在，而且此时此刻木夕和小理依然没有分手！

排除了一切不可能的结果，剩下的结论无论多么荒谬都是最接近事实的，眼前的木夕竟然同时瞒着两个男人，和他们分别在一起，并且在没有和任何一方分手的情况下，和其中一个人走进了婚姻的殿堂。

我分析出了结论，强压着怒气，不在亲友面前发作，靠在木夕耳边：“删微博？你答应过的事都当放屁了是吗？”

木夕瞪大了眼睛看着我：“我要你现在马上把微博删了！”

我站了起来：“我如果不呢？”

身旁的亲友见我神情不对，纷纷起来劝说，动静惊动了大山。大山笑呵呵地走过来，问清了缘由之后，只当我喝多说话有点冲动，当下竟然反过来劝我：“兄弟，木夕现在还小，不想让别人知道我们结婚，你们就当作给我个面子，微博删了吧。”

我身旁的竹也听了这话，哇的一声就哭了出来。大山连忙问怎么回事，竹也只是一个劲儿地说：“我喝多了想初恋了，你别管我就是。”

我看着大山喝得傻乎乎地笑着，于心不忍地删了微博，这一幕小小的闹剧，很快就被人们忘记在酒杯里。

婚礼圆满结束，木夕满是怒气，大山一脸幸福欢天喜地，竹也哭得像个怨妇，我百感交集。

那天半夜，我发了这样一条微博：

“人若没有真的成熟，没有真的看清花花世界里什么最珍贵，就不要轻易答应婚姻，因为一旦走进婚姻，你的每一个举动，每一次尝试放纵，每一次异想天开的任性，背后都会有一个爱你的人，一个和你组建家庭的人，需要默默地去承受一切后果。”

半夜里，我想了想大山，最后还是把微博给删了。

－4－

纸终于没能把火包住，婚礼后的几个月，大山知道了这场婚姻背后的谎言，据说那晚大山砸碎了新房里的所有东西，喝光了家里的酒，当着木夕的面要跳楼，木夕死拉着没让。

一个星期后，大山突然开车到我家楼下，叫我换衣服下楼。

我上了车，大山一路沉默，自顾自地抽着烟开着车，把车往出市区的方向一路开去。天色慢慢变暗，我知道大山已经知道了小理的存在，我一路上羞愧得没有发出任何的声音。我心想，如果此刻大山一怒之下把我杀了埋到荒郊野外，这也是情有可原的，我不怪他。

大山：“我知道你知道。”

我：“嗯。”

大山：“你不告诉我是对的，如果可以选的话，我宁愿现在都不知道。”

一股心酸油然而生。

大山：“他到底哪里比我好？”

我：“我不知道。”

大山：“他比我帅吗？”

我：“没有。”

大山：“他比我有钱吗？”

我："没有。"

大山："他比我能打吗？"

我："没有。"

大山："他比我爱木夕吗？"

我："没有。"

大山："那木夕为什么会这样？"

我："……"

大山："你说吧，你平时发微博不是挺能说的吗，你真心地帮我分析一下，真的！兄弟。"

我："可能，木夕从13岁起就跟你在一起，你是她的初恋，是她的第一个男人，那时候的世界很单纯，只有学校和家里，生活只有同学和老师，你是她唯一的眷恋。"

大山："然后呢？"

我："然后木夕走上了社会，接触了花花世界，接触了许许多多她没见过、没玩过的事情。也许因为年轻，她不甘心就这样尘埃落定，所以她选择去了酒吧试着兼职，所以她开始试着接触各种各样的人，她看到了各式各样的情侣，这样那样的关系，也许……想尝试……不一样的经历吧。"

大山："那为什么我能看破，能一心想着尘埃落定呢？"

我："因为这几年，你去了无数的夜总会，看了各种各样的女人，你去过澳门，去过香港，又不是没有和别的女人发生过什么，你玩过来了，所以你看得破。木夕呢？木夕一辈子只有你一个男人，你要知道木夕是10岁就开始上网，12岁就和家里人出国，她眼见太多的诱惑却遥不可及，现在她长大了，那些诱惑触手可及，也许是因为这样，才会选择今天的经历吧。”

大山：“那她为什么不直接告诉我？”

我：“因为她心里是爱你的，她想和你结婚。”

大山：“爱我个屁！爱我怎么能和别的男人上床？”

我：“就和你在澳门、香港每天和不一样的女人上床是一个道理。”

大山：“可……可她是女人啊！”

我：“有什么不一样吗？”

大山欲言又止，似乎想争辩什么却找不到合适的词，几经尝试之后仿佛陷入了沉思不再说话，他默默地继续开车，香烟一根接着一根，车子越开越远毫无停下的征兆。我看大山神色平静，想来我俩也不会有什么生命危险，便趁着夜色沉沉睡去。

当我醒来的时候，车子停在一家酒店的停车场。我下车抽了根烟看了看手机，已经是第二天的下午6点。我打开导航开定位，发现此刻我们身处厦门市区，对此我一点儿都不惊奇，以大山的开车速度，现在不在澳门已经是谢天谢地了。

没过多久大山也醒了，他走到我身边跟我要了根烟，跟没事人一样，开始嬉皮笑脸地扯东扯西。眼见大山如此神色，我无法分辨这是他强压伤感的表现，还是慢慢释怀的征兆，不过无论什么原因，那份折磨着他的不甘心至少已经能够压抑下来。

—5—

我们没有去酒店，两人就像专门来旅游的人一样，开着车跟着导航到处去吃小吃，开车绕着海边看风景，觉得身上臭了，就找桑拿房洗澡，到了夜里我们就坐在海边喝酒，喝多了就睡在石头上直到日上三竿，一连两天，漫无目的，时间过得漫不经心。

第三天太阳再次升起，随着阳光的照耀，天色渐渐明亮，我睁开了眼，昨晚同醉的大山已经坐在石头上遥望东方。

大山忽然说："我要去澳门！"

我问："去澳门干吗呢？"

大山："我想过了，你说得对，这么多年来我自己做了不少对不起木夕的事，又有什么资格责怪木夕。她在有他的情况下，还是选择和我结婚了，那说明她一定是爱我的。她现在还小不懂事，没经历的总该去经历一下，不过老子心里还很不爽，所以老子要去澳门好好地和妹子们耍耍，也算是从某种程度上报复木夕，等我把心里那口气给泄了，平静下来以后，再回去重新开始，好好地把木夕追回来。"

我："你的方法也真够极端的，不过要真能泄下怨气，也是好事。"

大山："我算好了，我出门只带了一张卡，里面有18万，3万块钱吃饭住宿喝酒，咱们不赌博，剩下的15万块钱，我们每天就去最高级的夜总会玩他个天昏地暗，钱花完了就回上海，最多也就半个月。"

我："算了，夜总会什么的我没兴趣，前两天我和我妈通了电话，她说今天能到台北，如果你今天走的话，我就直接飞一趟台北，看看老朋友，看看我妈。”

大山：“行吧，那你什么时候能回上海？”

我：“十天半个月吧，总之能比你先到。”

大山：“走，那我们这就去机场。”

我：“不了，你自己先去，我这边几个朋友好久没见了，我在厦门多待两天。”

大山给了我两千元现金：“这次把你拉出来估计你身上也没钱了，我现金就这么多，你先拿着当路费。”

我欣然收下。

临走前，大山取下了胸前的子弹形项链，还有他的结婚戒指递到我手里。

我愣了一下：“这是干吗？”

他笑呵呵地说：“我不想这一趟泄愤之旅玷污了我和木夕之间的幸福回忆。”

话一说完便开着车子扬长而去。

其实所谓背叛，不过如此，你看不开，那就是一生的追悔，永远都无法原谅；你看开了，这只会是你心爱的人，在迷茫时候不小心的失足。

当然是人都会有情绪，即便能理解，也难免愤怒，也会不甘，也需要寻求某种方式宣泄心中的情绪，只有这样才能重拾平静，大山选择了澳门，无论多么极端，但他终归是一步一步在走向平静。

台北我没有去，我老妈根本不在那儿，我只是找了个借口自己先回了上海，毕竟宣泄的部分，还是让他一个人去释放会来得更合适一些。

－6－

我回到上海，继续过自己的生活，时不时更新朋友动态，都没有看到大山的信息，想来大山一定是在纸醉金迷中，懒得处理那些虚拟的东西。

我也没有打扰他，不想在这种极端的自我救赎中，为他增添犹豫。

中途木夕给我来过电话，问我知不知道大山去了哪里，我说不知道。木夕从质问到威胁，到苦求，最后慌得哭了，我还是没有告诉他大山的音信。因为我知道，人在突然失去爱人的慌乱中，会更加容易陷入寂静，全心地思考心底里到底爱谁，而此刻的木夕非常需要一个这样的契机。

半个月的时间过去了，大山在灯红酒绿中渐渐重拾平静，木夕在极度寂静中渐渐地意识到自己爱谁，一切都走向完美。

我算算时间，大山差不多该回来了，可是他仍旧没有联系我。

一个平凡无奇的中午，我接到了一通电话："您好，请问是仲尼先生吗？"

我："是的，请问你哪位？"

电话："这里是中华人民共和国福建省福州市×××派出所，我是警员陈××，请问您认识田大山先生吗？"

我感觉有点不对劲："认识。"

电话："请问您和田大山先生是什么关系？"

我："朋友关系，怎么了？"

电话："嗯，田大山先生从厦门开车经过福州的路途中，发生了车祸。"

我听了这话，只觉得整个世界陷入了一片漆黑，惊慌失措，拿着电话的手瑟瑟发抖。

电话："喂，您好？"

这时候我突然想起了前阵子的电话诈骗案，当下反应过来，一定是诈骗！于是我冷笑了一声："呵呵，然后呢？重病不治对不对？找我要医药费呗？"

电话："不是，由于事故是在山路上发生，车体直接滚下百米山坡，车毁人亡，我们对此表示非常抱歉。"

我更是冷笑："然后呢？田大山有交代呗？叫我给你们汇款呗？"

电话："我知道这样的事情很难接受……"

我抢过他的话，大声狂吼："田大山要是真出事了，你们怎么不打电话给他父母，不打给他老婆，偏偏打给我？你们这种诈骗公司我见多了，你的电话号码我记下了，我现在马上就报警。"

说罢我心急如焚地挂了电话，我慌慌忙忙地打开百度，搜索了打电话人口中的那家派出所的联系方式，照着百度上认证的安全号码拨了过去，电话接通。

我："您好，请问你们那边有一位陈××警官吗？"

电话那头："你稍等。"

片刻之后，电话那边传来了和刚才一样的声音，整个世界陷入了史无前例的寂静。

－7－

隔天大山的父母和木夕就坐飞机去了福州，坐车在国道上颠簸了三个小时，才到了那家派出所。

警察说车子经过剧烈的翻滚，引起了爆炸，车毁人亡，尸体都没有，车身已经烧成了废铁，让他们做好心理准备，看了几张照片。

警察还说，从车身的残骸得出的化验结果，可以推测出大山在事故突发前，整辆车上是载满了玫瑰的，剩下的就没有什么线索了，他们找遍了事故现场，也只能找到几个零零散散的碎片可以留给亲属。

我无法想象大山的父母，到底承受了多大的悲痛，才走出了派出所，据说那天木夕哭得当场晕了过去。

原来生命可以如此脆弱，我们的存在对于整个世界而言，确实是连尘埃都不如，当年一起笑着的、一起开车的、一起喝酒的、活生生的田大山，如今只剩下了几个小小的证物袋，除此之外这个世界上仿佛没有任何他来过的痕迹。

那几天，我几近窒息地独自待在屋里，几天几夜喝着酒想着那些年的往事，哭着哭着笑了，笑着笑着哭了，喝多了就和大山的子弹形项链说话，觉得大山一定能听见。大山婚戒上的钻石闪耀着光芒，就好像大山静静地坐在我身边，陪我一杯接着一杯。

几天几夜的时间，项链上的子弹经过我的反复抚摸，弹头竟然微微有点松动，原来项链上藏着一个机关。

我轻轻旋开弹头，看见里面有一张卷成圆柱的小纸条，纸条的材质是我们小时候用的测验纸，可以看出年份久远。

我轻轻地铺平纸条，看字迹应该是大山和木夕小时候上课传递的纸条，内容是这样的：

我田大山发誓不会让你木夕受到一点点委屈！我才不会和你偷偷地领证呢！我要跟我表哥学做建材生意，然后自己做，我要做大老板，给我8年的时间，你刚好大学毕业，那时候我一定买房子、买奥迪，然后像模像样地去你家提亲，让你爸妈同意，然后举办一场大婚礼，请个80桌，我田大山要在所有人的面前，把你李木夕明媒正娶，接回家里！

这段话的下方，是另一个清秀的字迹：嗯。

落款是一个大大的笑脸。

后来律师告诉我们，大山早在结婚之前的半年，就把名下的两套房产和一个工厂留给了木夕，木夕今后也算是衣食无忧。

大山违背过誓言，但木夕还是义无反顾地嫁给了他；木夕经历了背叛，但大山仍旧选择原谅。

感情的事就是这样，没有谁对谁错，只有愿不愿意。

大山从小爱上木夕，为了娶木夕他一生都在奋斗，如今结婚证领了，奥迪买了，80桌办了，要给木夕的房子给了，许下的诺言全都兑现了，总归也算是没有遗憾了吧。

直到生命的最后一刻，他依然载着满车的玫瑰往此生所追求的目标飞驰。我相信，尘埃落定的那一瞬间，大山一定是笑呵呵的。

Chapter3

时光对我最好的陪伴

每一段感情曾经犯下的错，都会希望在下一个人身上寻求救赎，
所以往往她教会了你珍惜，你却以之相伴他人；
你教会了他爱情，他却与另一个人共度余生，
这就是成长，没有公不公平，无须心怀不甘，每个人都一样。
也许有一天，
我们会变成永不闪烁的头像，静静地躺在彼此的通讯录里。
别难过，这是岁月对你、对我、对那段相互陪伴的人生最安静、最平和的留念。

延续在你生命里

我们时常痛哭流涕，或缅怀，或悼念，以为那些爱恨纠葛过去了，就不在了。

而当生命走到某一个节点，你会发现，它依旧悄然无息地，以不同的形式，延续在你的生命里，来不及欣喜，也无力抗拒。

—1—

贝琳达是幸福的，丹尼尔的婚礼是顺利的，婚礼结束的当场，丹尼尔就开着车带着贝琳达去了机场。

拉斯维加斯的纸醉金迷，巴黎铁塔下无尽的深吻，每一个相拥的夜晚，十指紧扣的每一秒，都是难以忘怀的甜蜜。

—2—

没有人知道，在贝琳达和丹尼尔度过的第一个情人节里，丹尼尔亲手做了一盒精致的巧克力送给她，那一份感动，让贝琳达始终舍不得吃一口那精心的爱意。

可后来她却在无意间，发现了巧克力的盒子里，藏着一封柠蕾多年前写给丹尼尔的情书。情书是这样写的：

2006年2月19日下午5点24分，

你对我说有你的地方就是我的家，

我说，嗯，天涯海角我都会陪着你。

2007年9月26日晚上9点38分，

你说可能给不了我一个很好的环境，

我说环境不用太好，只要有一张床就可以。

这是我们在一起的第八个情人节，

无论我们能走多远，

我始终庆幸此刻仍在你的怀里。

一切的一切，谢谢你！

这件事她没有告诉丹尼尔，可那短短的几行字，每一个场景都无法抑制地，在贝琳达的脑海里延伸出了无数的画面，她甚至联想出了许多柠蕾和丹尼尔当年相拥亲吻的场景。她难受不是因为当年他们有多么美好，她难受是因为丹尼尔竟然把柠蕾给他的情人节礼物转送给了自己，而且是在没有检查清楚的情况下，她甚至问自己："难道丹尼尔对自己的爱，是从柠蕾那边转移过来的吗？"

伤感和纠结，让贝琳达偷偷地哭了一夜又一夜，她想过扔掉巧克力或者把巧克力还给柠蕾，而后就彻底消失在丹尼尔的世界。

当然她最终没有做到，她是如此地爱着丹尼尔，爱到宁愿自己伤心流泪，也舍不得去揭穿、去质问这个伤人而甜蜜的失误。

她甚至骗自己，无论这些精致的巧克力来自哪里，但至少把它作为礼物，从丹尼尔递给自己的那一刻，丹尼尔这份爱其实是丹尼尔对自己单方面的传递。

－3－

婚礼的那天，贝琳达远远地看到了柠蕾、丹尼尔和丹尼尔妈妈情绪万千的泪水，她才终于放下那封情书带给自己的情殇。那天她告诉自己，这一切终于过去，今后的日子里，再也没有柠蕾的痕迹，只有挚爱的丹尼尔和自己。

虽然偶尔闭上眼，柠蕾的那封情书一字一句都会不着痕迹地浮现在脑海里，仿佛在述说着自己的感动和婚姻，其实是源自一场骗局，可每当睁开眼看见抱着自己的丹尼尔，这一切又好像和自己没有关系。

－4－

蜜月之后，一切安然。

当医生告诉贝琳达："你怀孕了，胎儿大约是3周大。"

这个消息让贝琳达和丹尼尔惊喜得手足无措，从那天起丹尼尔开始戒烟，是真正的不抽烟了，而不是仅仅不在贝琳达面前抽烟。

越来越多的酒局和应酬被丹尼尔推掉，每逢晚饭过后，丹尼尔总是笑着告诉大家："我要回家陪我的大宝贝和小宝贝了。"

贝琳达和丹尼尔有一搭没一搭地为孩子起了名字，丹尼尔提议如果是男孩就叫Tim，意思是The illusion of marriage，他认为他们在一起这么久以来，最甜蜜最难忘的时光，是那段一起疯狂幻想着结婚的时候；如果是女孩就叫Sylvia，意思是Since I saw you my love will always be with you，丹尼尔告诉贝琳达，自从他第一眼看到贝琳达，他就知道自己所有的爱都将永远地跟随着这个女人。

简简单单的两个名字，深深地打动了贝琳达内心世界里的每一寸土地。

贝琳达的肚子越来越大，丹尼尔每天拿着DV偷拍贝琳达，镜头里的贝琳达只要一发现自己被偷拍就马上大喊着：“哎呀，不要拍啦，没化妆很难看啦。”

当然镜头里也有平静的画面：丹尼尔对着贝琳达的肚子，跟自己的孩子述说着他的父亲有多么痴迷他的母亲，以及当年相遇、相知、相爱的种种场景，镜头里素颜的贝琳达幸福得整个眼眶都是温暖的泪水。

－5－

又是一年情人节，胎儿大概6个月了，丹尼尔硬是拉着贝琳达穿上为孕妇定制的礼服，到了一个能俯视整个上海夜景的西餐厅，浪漫地约会去了。

餐桌上，丹尼尔努力地说着笑话，逗着贝琳达开心，贝琳达附和地笑着，可去年的今天，她亲手从眼前的丈夫手里接过的那盒巧克力，此刻却怎么样也无法从脑子里抹去。

贝琳达以葡萄汁代红酒，约会现场浪漫无比，黑人爵士乐队站在他们晚餐的桌边，演奏了一曲《Moon River》，丹尼尔幸福地望着贝琳达，眼神里满含着无边的爱意。

晚餐快要结束，丹尼尔神神秘秘地拿出一个礼盒送给贝琳达，贝琳达质疑地打开盒子，盒子里装满了叠得歪七扭八的千纸鹤。

丹尼尔说："情人节快到了，想来想去不知道送你什么好，送珠宝什么的太过浮夸，送衣服什么的又不能尽显心意，这些千纸鹤，是我这些日子来，瞒着你偷偷叠的，一共有1314只。"

丹尼尔自嘲地笑着："我本来想叠5201314只的，后来发现工程量太庞大，我们家里估计也没那么多地方放，所以就只叠了1314只，我希望你知道我爱你，我会用尽一生努力，让你知道这份爱是一生一世。"

望着这1314只叠得歪七扭八的千纸鹤，贝琳达傻笑着模糊了视线，从他们相遇，到相爱，最终走进婚姻；从美国，到法国，到日本，无尽的拥吻，所有浪漫的回忆占据了贝琳达整个心房。

甜蜜总是能将伤感抹去，终于去年情人节的巧克力在她脑海里烙下的印记，悄无声息地被压抑到了心底。

－6－

胎儿大约7个月大的时候，丹尼尔因公事出差回了多伦多。

贝琳达一个人在家闲来无事，翻看这两年她和丹尼尔的照片，一天一天微笑着在甜美的记忆里度过。

贝琳达怀抱着丹尼尔送她的那盒千纸鹤，与生俱来的占有欲，让藏在巧克力里的情书，一字一句无法抑制地浮现在她脑海里。

贝琳达终于没能抵制住女人敏感的情绪和占有欲，她疑惑地看着一整盒的千纸鹤，生怕任何一只千纸鹤里面有柠蕾写下的情话。

她小心翼翼地打开一只，见纸张上空空如也，才安心地松一口气，再按着原来的痕迹把千纸鹤叠回去，一只又一只，整整一夜，1314次煎熬，1314次如释重负。

直到她确认了最后一只千纸鹤上，仍旧没有任何柠蕾的笔迹，挺着大肚子的她才安心地躺到床上，幸福地沉沉睡去。那夜，她的梦里一幕一幕都是丹尼尔的笑脸，笑容灿烂无比。

第二天醒来，天气美好得让人想要哭泣，贝琳达依依不舍地把巧克力放进垃圾桶里，她拿起手机想编辑点什么文字发给柠蕾，好让自己狼狈的如释重负显得体面一些，但纠结了大半天，对话框里始终没有输入一个字。

毕竟丹尼尔现在已经彻底地属于自己，柠蕾也已经走出了那段回忆，何苦因为一己私欲再把纠缠重新掀起。

– 7 –

之后的几天，贝琳达一有空闲就拿起那1314只千纸鹤，贝琳达抚摸着这一只只的千纸鹤，脑海里浮现出丹尼尔百忙之中，硬抽着空一只只地叠千纸鹤的场景。

也许是在下班的地铁里人潮拥挤，丹尼尔拿出卡纸在公文包上叠着千纸鹤，神情满是憧憬，脑海里都是自己；也许是在工作之余和同事吃午饭的空暇，丹尼尔边折着千纸鹤边告诉同事，这是给老婆的情人节惊喜，同事们羡慕不已；也许是在自己洗澡的时候，丹尼尔偷偷地在书房里叠两三只，一听到浴室开门的声音，丹尼尔就紧张地把盒子藏起来，然后若无其事地把自己抱在怀里；也许是在和朋友喝下午茶的时候，丹尼尔一边跟朋友述说着对自己的爱，一边将一张一张卡纸变成了千纸鹤。卡纸上的每一个折痕都是幸福的痕迹。

贝琳达幻想着所有的场景，摸着盒子，感觉到了盒子底部似乎有点松动的声音，她好奇地倒出了所有的千纸鹤，仔细地检查了盒子，果然惊奇地发现盒子的底部藏着一个暗格，贝琳达又是欣喜，又是恐慌，她欣喜是因为她在期待这也许是丹尼尔留给自己的另一个惊喜。她恐慌是因为她生怕打开暗格，柠蕾的身影，又猝不及防地闯进他们幸福的生活里。

－8－

算了吧，没看到就当没发生，已经那么幸福了，也不需要再多一点儿惊喜。

还是看看吧，是现实就总该面对，生活又怎么能依托着谎言继续？两天两夜的煎熬和自我斗争，终于没能阻止女人好奇的天性。贝琳达打开了暗格，暗格里默默地躺着一张B超彩图，也不知默默地躺了几个年月，寂静得让人心慌，彩图下面空白处有一行柠蕾的笔迹。

亲爱的丹尼尔：

想来当你发现这张彩图的时候，咱们的Sylvia或者Tim已经抱在怀里，甚至可能长大成人了！如果我们的孩子已经结婚了你才发现这里，那你就是超级无敌大傻瓜！

这是我留给你和孩子的第一份礼物，我本来想当天就给你的，但是后来想想，如果偷偷地藏在这里，等你发现的时候一定会感动得痛哭流涕！现在的你一定在流泪吧？别哭宝贝！此时此刻的我无论在哪里、在干吗，当你第一眼见到我的时候，请紧紧地拥抱我、亲亲我，然后用专属于我的语调告诉我：你还爱我。

－9－

这个世界就是这样，花开绽放，花谢入土，枯萎的花朵化成养分，供给明年春天的花儿再次绽放。

你所受过的疼痛的能量，总有阳光会将其填满，你那有恃无恐的笑颜，总会遇见阴影掏空你的心肺，这就是守恒。

我们时常痛哭流涕，或缅怀，或悼念，以为那些爱恨纠葛过去了，就不在了。

而当生命走到某一个节点，你会发现，它依旧悄然无息地，以不同的形式，延续在你的生命里，来不及欣喜，也无力抗拒。

置顶对话框

也许有一天，我们会变成永不闪烁的头像，静静地躺在彼此的通讯录里。别难过，这是岁月对你、对我、对那段相互陪伴的人生最安静、最平和的留念。

－1－

这是竹也和熏衣的第四次分手，那个晚上，我们俩聚在一起喝着饭后小酒，相谈甚欢，突然竹也的手机亮了，他看了一眼微信，不耐烦地：“又跟我提分手！真的受不了那个女人的强迫症！”

说罢他把手机调成了静音。

我：“发个微信哄哄她呗！装什么酷啊！”

竹也：“不了，就这样吧！”

我：“还是给她打个电话吧！不要到最后你搞不定了，到头来又天天跑来烦我。”

竹也脸上写着得意两个字：“兄弟你还不明白？我们早晚是会和

好的，只是时间问题罢了。这回啊，我算是想明白了，这种事情就像博弈，我退一寸她就进一尺，她闹一次我哄一次，下次闹起来就更无法无天了！这一次我一定要坚持到底，要把她的气焰整下去！”

我被他的白痴程度惊吓得五体投地！

－2－

那个周末，竹也大半夜地跑来我家，说要借宿。他声泪俱下地告诉我，他和熏衣还怄着气没有联络对方，这几天他一个人住在家里，打开衣柜都是熏衣的衣服，冰箱上贴满了两人的照片，整个房间都是那女人的影子，家里的每一个物件都装满了回忆，来我这里短暂逃离。

我看他可怜兮兮，只好收留。

那晚，他整夜都唉声叹气地看着手机。

我见他如此纠结：“你打个电话好好哄哄不就没事了吗？”

竹也：“你不懂我们之间的节奏！”

我：“但是我懂女人的节奏。”

竹也：“我知道你见的女人多，但熏衣的思维不是正常女人的思路可以套用的。”

我：“所以你跑到我这儿睡？”

竹也：“欸，你说要不老子找个妞带回家！报复一下那个女人？”

我：“你是要在睡的时候发个朋友圈让她知道呢，还是只是偷偷地带回去，满足你自己心里的报复欲？”

竹也：“当然是偷偷地啦！被她知道还得了？”

我："那万一熏衣突然想通了来敲门道歉怎么办？"

竹也："那可就真完蛋了！"

我："那你还说！"

竹也："那你说怎么办？"

我："你性子太倔，无解！"

夜里，我习惯性地拿起手机和妹子聊天，从11点到凌晨2点，身旁的竹也辗转反侧，时不时拿起手机，点开熏衣的微信头像，输入一大段一大段的文字，再全部删除，如此反复，直到我睡着了又起床尿尿，见天色微亮，他仍旧愣愣地对着手机屏幕里的空白对话框。

我躺回床上，只感觉身旁辗转反侧的竹也，已经严重地影响了我的睡眠质量。我也不知哪来的灵感，当下义正词严地对竹也说道："你这样搞，你不嫌累，我看着都累。这样吧，这么久的兄弟，我也不藏着掖着了！我教你个办法，怎么样？"

竹也一脸疑惑。

我："电脑在外面，你现在去打开电脑，申请一个微博小号，把你这几天想说的，不敢说的，就你一篇篇写好了不发又删掉的那些，全部发上去，解解心里的郁闷，等你们和好的时候，你再回头看看你写的东西，要是觉得言辞过于激烈，你删掉就当没发生过，要是你看着感觉文笔深情款款、情深意浓，你就找个合适的机会拿给她看，保准又浪漫又真实，把她感动到非你不嫁！"

竹也犹如醍醐灌顶，恶心兮兮地抱着我狂称"好兄弟，果然是情圣，此情今生难忘……"便傻乎乎地跑去书房打开了电脑。我看着他的背影，反复强调一定要认真写作才能感天动地，如此之类，把书房里的他说得一愣一愣，一会儿深思熟虑，一伙儿敲动键盘，做出一副多愁善感的样子，仿佛已化身为张爱玲。

我的世界终于恢复了平静。

－3－

我醒来的时候，竹也倒在电脑桌上呼呼大睡，口水几乎蔓延到鼠标，我拿起将被淹没的鼠标，偷偷点开电脑，只见微博的对话框里写着："亲爱的熏衣，你还记得吗，那天我们经过香奈儿的橱窗，你看到一双鞋子，我从你的眼神中看到了欣喜，于是二话不说！买……"

看到此处，我不禁笑喷，笑声惊动了熟睡的竹也。竹也见状，无比紧张地挡住显示器，扭过头一脸正经地对我说："你知道你在窥探隐私吗？"

我猥琐地嬉笑着："好的，兄弟加油哦。"

竹也揉了揉蒙眬的睡眼跟我说："我昨晚写了很多很多我们以前的事，但是写了一大堆，再回头看下来，又觉得文字不够通灵，怕到时候拿给她看，达不到非我不嫁的效果，这让我的人生陷入了瓶颈。"

我想到他写的香奈儿故事，憋着笑，严肃地对他说："你先看点两性文章好了，看看人家两性研究专家的思路，融会贯通之后，再设身处地地写你想表达的东西，免得写出一堆狗屎，还以为很浪漫，到时候熏衣看了直接气跑。"

竹也再一次如梦初醒，当下就背着我的双肩包，跑出了家门，看形势这傻瓜一定是买书去了。

果然，几个小时之后，竹也带回来了满满一书包的两性书籍，开始坐在电脑前颇有形式感地研究了起来，不再理会我的存在。

我的世界再一次恢复了平静。

－4－

后来的几个礼拜，竹也仍旧时不时给我发送微信，问女人心理，问女人逻辑，我随口推荐了几本书就把他打发得安安静静了。那段时间里我时不时会偷看他的小号，他竟然把情话上升到了数千字长微博的境界，这让我惊叹不已。

事情过去了将近三周，我在竹也的车上，偶然间看见竹也打开微信，发了句语音出去。信息传送好了，他动作流利地把对话框删除，让熏衣的微信对话框置顶。

看到这样的动作，我问："和熏衣联系上了？"

竹也："没有……她还是没联系我！"

我："人家女孩子凭什么主动联系你！你是不是傻？不会主动联系人家？"

竹也："我这两天正在筹备用什么样的开场白联系她！仲情圣，给点意见呗！"

我："没办法，两个人之间的感情你们自己最了解，这个局是你自己做的，到头来还得自己解！"

竹也："我去！我就知道你不行，也就在微博上发发心灵鸡汤，骗骗大众。"

我："你不觉得你的激将法很幼稚吗？"

竹也："……"

我："话说，你怎么老是把人家的对话框置顶？"

竹也："一种习惯吧，和她在一起的时候，习惯把跟别人聊天的记录删掉，把她的对话框放第一个，这样开车的时候和她发语音会方便一点儿。"

我："……放个空对话框在那里光看着不联系，是不是觉得留个念想好过一刀两断？"

竹也："还能不能快乐地玩耍了？"

我："不是我乌鸦嘴，你再撑下去，不管你这边多少思念，多少不舍，在熏衣那边呈现出来的，就是你和她一刀两断了！"

竹也开着车，傻乎乎地陷入沉思。

－5－

两个月后，竹也突然告诉我他要去呼伦贝尔大草原，让我开车带他去机场。我开车到他家楼下，只见竹也一脸憔悴地站在街边，背着一个和他体积看上去差不多的双肩包，手上还拖着一个红色的行李箱。

我问："你这是旅行呢，还是搬家？"

竹也："我自己只带了几件厚的衣服，剩下的是熏衣所有留在我家的物件。"

我彻底震惊："熏……熏……熏衣不会往生了吧？"

竹也："我去你个乌鸦嘴，是这样，之前熏衣老是吵着说要去草原骑马，我始终没找到机会带她去。如今呢，我还是不带她去，我就是不带她去！带她的东西去也不带她去！让她留在上海好好后悔吧！”

我松了口气，顿感五体投地：“那……你们是联系上了？”

竹也嬉笑着：“没有，反正我就开开心心地去旅游，狂和美女搭讪合影，朋友圈发照片的时候不小心让她的物品入镜，说不定她气急了，会打电话给我！”

我：“竹兄神思路，小弟拜服。”

竹也开心地进了机场，当然他和我心里都明白，在草原上遇见野狼的可能性比遇见美女的概率要大得多。

有时候男人就是如此纠结，往往为了一口气把自己陷入僵局，僵得久了就连自己都不知道自己的行为有多偏激。

－6－

那天夜里，竹也给我发了微信，信息内容赫然是：“让我静一静，放心我不会死。”

我看了信息，吓了一大跳，疯了一样回拨他的电话，发一大段一大段的语音，但无论我怎么发、发什么，竹也都没有了反应。

那以后的日子里，一连15天，每天都能看到他朋友圈更新，每次的更新，内容就只有一张图，没有文字，画面里是一团篝火，在不同的背景下，熊熊燃烧。

后来竹也告诉我们，那天他一个人在草原上开着租来的越野车，行驶在黑夜。草原无穷无尽，生冷的寂寞，让他仿佛对自己的爱情有了什么觉悟，熏衣的一颦一笑在他的脑海里无限放大，他用力压抑，却最终没能阻止联络熏衣的冲动冲破封印。

当下他也不顾什么组织语言，只是鼓起了勇气，迫不及待地拨通了熏衣的电话。谁知迎接竹也满腔热情的，竟是冰冷的提示音：您拨打的电话已暂停服务。一连打了几个小时，提示音愈加冰冷。

竹也不甘心，他给熏衣发送了一大段一大段的微信，几个钟头死死地守着手机，也不见对话框有任何反应。情急之下，他给熏衣的好友打了电话，可接通之后，她们纷纷指责竹也，说熏衣现在生活得特别幸福，不想见他，让竹也不要再骚扰。

那天晚上，竹也那呆瓜一个人在草原上，待在车里几近窒息。他反复回想着事情的前因后果，恨自己，恨熏衣，恨天恨地恨相遇，差点儿就这么踩下油门，任凭前面是山是湖，就径直撞去。绝望中，他给熏衣发送了一条微信：

“最后一次，就让那些记忆随烈火成灰，消逝在风里吧，至少这里是你一直想来的地方，把我们的记忆留在这里，你开心了吗？”

之后他待在草原上哪儿也没去，就这么开开车，吃点儿干粮，随着日落点起篝火，放三两件熏衣的衣物上去，眼看着那一件件跟随着这段爱情，见证了欢笑和泪水的物品，随着熊熊烈火化为灰烬，竹也心如刀绞，仿佛记忆里的片段，也一点一点地随之被掏去。

最后一天他烧掉了熏衣的行李箱，篝火旁他号啕着删除了自己微博大号小号里所有的博文，他发誓这是最后一次为这段过往哭泣。

– 7 –

一年后这件事情就像从没发生过一样，静静地躺在朋友们的记忆里。

2013年寒冬的一个夜里，我应邀参加了某品牌的活动派对，在那里我偶遇了熏衣，闲谈中我们聊起了去年的那段往事。

熏衣平静地告诉我：竹也去呼伦贝尔的那天，她刚好丢了手机，出于担心别人拿她的号码给她家人打勒索电话，于是第一时间联络服务台，进行了挂失。

那时她也是倔性子，心想都几个礼拜了竹也没联络她，想来也不差这两三天，也就没有用其他方式和竹也进行联系，谁知道等她补好号码拿回手机的时候，却看到了微信里竹也一大段一大段的胡言乱语。

还有一条让人绝望到窒息的诀别信息。

她悲愤之下打开竹也的朋友圈，只见一幕一幕的篝火，隐约能看见自己的衣物随着烈火熊熊燃烧。那十几天，她夜不能寐，时刻刷新着竹也的朋友圈，试图等待事情的转机，却一次一次地，在第一时间看着那些美好的回忆随着篝火燃烧着消失殆尽。

那些天她甚至想，竹也哪怕只留下行李箱！哪怕他只带回来一个空的行李箱，她都会义无反顾地守在机场等待他的拥抱。

因为在她心里，那个陪伴他们走遍南北的行李箱，就像她的心壳，即便心被掏空了，记忆被焚尽了，但只要壳还在，记忆都可以一点点地填充回来！

直到竹也发布了最后一张篝火图，顷刻间，熏衣对他的眷恋都化为了怨恨和泪水。

听完了叙述，我无奈叹息："这些他都知道吗？"

熏衣："嗯，后来我们相遇过，也聊过。"

我："还算平静吗？"

熏衣："嗯，就像老朋友一样。"

我："好吧，所以没有选择过……和好？"

熏衣笑着："那么累都过来了，又何必再回去？"

我没有疑惑，也没有再继续追问，世事就是这样，错与没错都是当时不甘的情绪，时过境迁之后，对与错又有什么意义？而摆在眼前的结局，却让人无从逃避。

有时候我们往往不舍的是关于这个人的回忆，世事变迁之后再相遇，他已经不是当年你熟知的那个人，你也不再是那些年他深深爱着的那个你了，那么辛苦地走到今天，再执着地走回去，又有什么意义？

从那以后我就再也没有见过熏衣的微信头像置顶在竹也的界面里了。

也许有一天，我们会变成永不闪烁的头像，静静地躺在彼此的通讯录里。别难过，这是岁月对你、对我、对那段相互陪伴的人生最安静、最平和的留念。

在一起合约

有些人适合陪伴在身边，一起厮守年华；有些人适合活在心里，时刻回想，都能温暖时光、惊艳回忆。

再理智，决定权都不在我们手里。

－1－

竹也是个高才生，复旦硕士，一米九的身高，其貌不扬，戴副眼镜，平常的穿着打扮、言谈举止，让人不难猜出，他的工作应该是那种高科技行业的核心技术人员。

有人说一个人在某一方面非常擅长，那就一定在某一方面非常薄弱，而竹也，正好属于那种感情白痴。

竹也在第一眼见到香橙的时候，整颗心一瞬间就被香橙彻底征服了，所有以往的经验以及朋友的劝说，都不能阻止香橙窈窕的身影瞬间秒杀掉竹也所有的理性，片甲不留、毫无余地。

大概三个月的时间竹也约香橙无果，这小子竟然还越挫越勇，开始每天给香橙发送早、午、晚三条慰问短信。

又历经了三个月的时间，竹也的微信、微博、手机号码全被香橙拉黑了，死脑筋的他竟然换着号码继续给香橙发问候。

半年下来，香橙顶不住了，跑来求我赶紧让竹也那个变态不要再骚扰下去，并给我看了一连串竹也发来的信息。我看了信息的内容着实吓了一跳，竹也发来的每条慰问信息，长度都和短篇论文不相上下，内容大多涉及养生和科普，其不浪漫程度可谓叹为观止。

隔天我找来了竹也。

我委婉地："竹也啊，我知道你用情很深，但是香橙这个女人，确实不是你驾驭得了的。"

竹也毫不在意地："没试过怎么知道，你不是在微博上写过，认真了你就输了，但是一直认真下去你就一定会赢吗？"

我："哇，那也得分情况，你这分明是用热脸去贴人家的冷屁股，贴久了你的脸也就变凉了！到时候失望的还是你自己。"

竹也："老子血气方刚活力四射，一定能用热脸把她的冷屁股贴得热乎乎的！"

我："但是……"

就这样一夜交谈，从我劝他，变成他劝我，竹也动之以情晓之以理，声泪俱下地让我教他办法，又是搬出兄弟情，又是套上仁义信的，最后我实在扛不住他的苦肉攻势，无奈之下只好给他支了个招："这样吧，我先介绍几个香橙身边的朋友给你认识，他们都是一个圈子的。你通过他们再认识香橙身边更多的人，等你和他们都混熟了，多跟他们出去聚会、唱歌、喝酒、喝下午茶什么的，这样你在香橙面前的出镜率也会提高……”

竹也听了我的随意言语，犹如醍醐灌顶，猛地拍了一下脑袋：“对呀，我怎么没想到啊！然后等我经常和香橙见面了，然后再来问你，你再教我，那不就成了？哈哈哈……”

我瞟了他一眼：“我要说的是，剩下的你就自由发挥……”

我话音未落，竹也满怀憧憬地看着我：“不不不，剩下的，我再来请教你！定有重酬！”

无数黑线从我额头上蔓延而下，笼罩全身。

－2－

后来的日子里，我和香橙约喝酒，除了单独约出来放纵的狩猎局之外。只要涉及别的朋友，竹也就会像个小尾巴一样跟着大部队出来，一身书生气的竹也混在一群玩咖中间，非常努力地想融入大家的氛围，配合大家的话题，别人笑他也笑，他觉得好笑，见别人不笑，他也就忍着不笑。

人心都是肉长的。眼见竹也痴情如此，难免心生惜悯，久而久之香橙对他的态度，从厌烦到无可奈何，最终也算是渐渐地接受了竹也这么一个人，以朋友的身份存在。

有一次香橙喝多了，竹也开车送她回去。

香橙神志不清地说：“竹也，你不要再喜欢我了好不好？我们是不会有结果的。”

竹也强忍着心酸：“嗯，我知道。”

香橙：“那你就从今天开始不要喜欢我了，一言为定？！”

竹也："我尽量控制吧，有时候感情这东西，就像文在身上的刺青一样，洗掉会痛，也需要复原一段时间。"

酒精上头的香橙瞬间失去了耐性："好吧，我控制不了你喜欢我，但是我是绝对不会喜欢你的。我就喜欢坏男人，我就喜欢放荡不羁的，就喜欢摇滚的，就喜欢朋克的，就喜欢刺满大花臂的，你行吗？"

香橙冷静了一下："算了吧！你是好人，你应该去找一个好人和你在一起！"

说罢，香橙愤愤地摔车门走人，留下竹也一个人在车里。

良久沉默，直到香橙的身影彻底消失在竹也的视线里，竹也才对着香橙离去的方向，戚戚地说了一句："在我心里，你是最好的人。"

－3－

第二天香橙把昨晚的对话原原本本地告诉了我，我没有因为她狠心拒绝竹也而怪她，毕竟完全不可能有结果的事情，一次性的狠心拒绝，好过长年累月的拖磨，更让人来得痛快一些。

两个礼拜的时间，竹也没有联络过我，也没再烦过香橙，想来是那夜香橙不留后路的一番绝情话，让竹也彻底看清了自己，回到了属于自己的世界里。

夏日的夜上海，暧昧的气息蔓延得更加肆意，痴男怨女想尽一切办法剪去身上任何多余的布料，眼眸迷离地穿梭于灯红酒绿中。

我和香橙正在微醺的狂欢里，一个大高个默默地靠在了香橙身后的吧台上。

这人身穿皮坎肩、皮裤，脚蹬铆钉鞋，一颗脑袋剃光了两边和后面的头发，只在中间留下了一小撮，漂染成了显眼的粉红色，坎肩太短，左手手臂刺满的骷髅头显得格外狰狞，下嘴唇上打了一颗唇钉，闪烁得鬼魅而生硬。

我们定睛一看，眼前的这个人，竟然是我们一直以来接触的浑身都是书生气的竹也。

我和香橙目瞪口呆地看着眼前的他，竹也默不作声跟吧台要了一杯龙舌兰，舔了口盐巴，一饮而尽，而后笑容憨厚地看着香橙："原来文身一点儿都不痛嘛。"

不知是心酸还是怜悯，我和香橙看着眼前的竹也，始终没能找到一个合适的词来打破沉默。

我们三个都明白，对一个不爱自己的人付出全部的爱，就好比一个穷鬼，对一个富翁赞助出全部家当。无关痛痒的举动而已。

不过身在当下，总是义无反顾的。

竹也的眼神里充满了无悔，香橙眼眶模糊，满满地都是感动和怜惜。

－4－

一整晚，三个人，龙舌兰不知道喝了多少杯。我坐在吧台上，香橙依偎在竹也怀里，我俩不知怎的开始抽泣。竹也不知道我们为什么哭，只是莫名其妙地安慰着我们，安慰到后来，他看着怀里的女神泪流不止，最后心疼的情绪让他自己也没能忍住泪滴。

夜色弥漫，我在酒精的指引下，自己都不知道去了哪里，记忆里最后的画面，是霓虹摇曳，香橙躺在竹也怀里，两个身影笼罩在夜色里，渐渐地融为一体。

－5－

之后有那么几天，他们两个人都是在同一张床上醒来的，但感动并不代表爱，竹也的一番行为确实彻头彻尾地感动了香橙，甚至连我这个旁观者都为之落泪，但感动的力量，总有衰竭的那一天，情绪总会醒来，不爱的还是不爱。香橙一直知道自己要的是什么，但看着竹也左臂上文着的大骷髅和他下嘴唇的钢钉，一天天憨厚地笑着，始终忍不下心就此离去。

那段时间刚好在上映《分手合约》，香橙借鉴了电影里的情节，拟了一份《在一起合约》，内容是这样的："我香橙和竹也，从即刻起宣布以恋人的身份，正式在一起，一个月里两人必须把每天当作末日一样来爱对方，违约者将一生遭人唾弃，期限为一个月，合约逾期作废。"

香橙签好了字，把合约拿给竹也，竹也愣愣地问："那一个月之后呢？"

香橙转过头不敢和竹也对视："一个月之后……之后再说。"

竹也的脑袋放空了几秒，他知道这是香橙给自己最温柔的拒绝。

随后他毫不犹豫地拿起笔，在纸上签下了自己的名字。

香橙收好签了两个人名字的合约，叹了口气："你会怪我吗？"

竹也憨憨地笑着："我能和自己的女神在一起，哪怕一秒都是天大的荣幸，现在你赐给了我一个月的时间，我高兴还来不及，又怎么舍得怪你？”

－6－

当天，香橙就整理了行李，住进了竹也家里，跳过了所有约会和暧昧的步骤，瞬间开始了两人世界的幸福同居。当香橙的微博秀出甜蜜照的时候，所有的好友，都为此震惊不已。

香橙带着立可拍，走到哪儿都把两人甜蜜的笑容记录在照片里，一天一张，每一张都被贴在竹也家进门的墙上。

吃牛排的时候，竹也把一整块牛排切成十几块心形的小肉片，一片一片地喂给香橙，香橙一看就知道这是从我这里学的套路，本该幸福感动得一把鼻涕一把泪的女孩，一整晚爆笑不已。

香橙帮竹也整理了衣柜，告诉他其实没必要为了迎合自己而穿成朋克，穿自己最舒服的衣服，别人看着也最顺眼。第二天竹也就染黑了那撮粉红的头发，做回了自己。

两人深情相拥，生怕哪一秒不能在心里留下印记。透过香槟杯，香橙看着竹也喝醉的囧样，笑容仿佛永远都不会停息。

十指紧扣的两人走在街上，香橙只要把眼神停留在某家商店的某个物品上，东西再贵竹也都会跑回去买下来，送到香橙的手里。

竹也给香橙讲睡前故事，讲的都是IT行业里的趣事，这些情节能比安眠药更快速地让香橙进入梦乡。

竹也趁香橙不注意，在家里的床上、浴缸里撒满了花瓣，从我这里拷贝了许多适合情侣在家时播放的音乐，硬是要把生活过成浪漫的韩剧，香橙仍旧一眼就看出了那是从我这里学来的套路。

但即便如此，那一次香橙还是流下了幸福的泪滴。

–7–

终于，墙上的照片贴到了第29张。

那晚，竹也趁香橙在洗澡，在窗台上用18盏蜡烛摆成了心形，点燃了棉芯，两人裹着浴袍，望着心形的火焰，相拥不语仿佛生怕惊动驻留在身边的时光，不小心就这么悄然逃去。

天色泛亮，一支蜡烛燃尽了。

香橙叹了口气："都吹灭吧。"

竹也："我就知道你一定会不忍心看着美好的东西，不受控地，一点一点地离去。"

香橙笑了："是啊，如果那些美好终将离去，那我宁愿它毁在我的手里。"

竹也牵强地笑了："那就一起吹灭它吧，为纪念迄今为止生命中最美好的这一个月。"

香橙点头："为纪念迄今为止生命中最美好的这一个月。"

–8–

一个月的时间，竹也用尽了灵魂的力量，去感动香橙，试图让香橙忘了那份合约，就这样一直走下去。

但香橙还是走了，墙上的第30张照片里不是两人温馨的笑容或是甜蜜的眼泪，而是18支温暖过两人整个心田的蜡烛，承载着所有的记忆，粘在最下面。

香橙回到家，一刻都不敢让自己静下来，她怕留下任何一个空当，这一个月来所有甜蜜的回忆，都会猝不及防地把她的心灵满满占据。

扫地拖地，擦桌子，抹玻璃，最后连马桶都刷得一干二净了，接连着马上收拾行李。

快收拾好了，香橙发现行李箱的底部，有一个红色的首饰盒，默默地躺在那里悄无声息。

她也许知道这是什么，也能猜到用意，她甚至犹豫着不敢打开这个盒子，不敢面对竹也浩瀚而汹涌的爱意。

最终她还是胆战心惊地打开盒子，里面果然是一枚闪烁的钻戒。

钻戒闪烁的光芒穿过眼睛，透进心里，深深的纠结和满满的回忆再也无法屏蔽。

–9–

几天之后竹也照常出门上班，无意间看见那个红色的首饰盒，默默地等候在家门口的墙角里。

竹也颤抖着拿起盒子，满怀期待又甚是恐惧，用尽了所有的勇气才打开了盒子。

可闪烁的钻戒依然默不作声地躺在盒子里。

–10–

之后那30张照片被竹也装在盒子里，藏在家里一个不容易看见，却又随手可以拿到的角落里。

竹也也为此暗自纠结了一段时间，但他始终没有再纠缠过香橙。人事已尽，天命难违，况且回忆已经那么厚实，除了放手还有什么更圆满的结局？

至今他们俩提起这件事，笑容里也都满是温馨。

原来不是每一段爱情都要厮守终生才叫圆满，也不是每个爱人都要看着彼此老去才叫幸福。

有些人适合陪伴在身边，一起厮守年华；有些人适合活在心里，时刻回想，都能温暖时光、惊艳回忆。

再理智，决定权都不在我们手里。

忠于自己的人，终将迎来自己的时代

我要感谢这个时代，让我每天与成千上万的人擦身而过，容许我肆无忌惮地放纵自我。我迷茫过，但每一次聚会，每一个派对，每一张面孔，所有的情绪，让我越来越清楚，在爱情里，什么是我不要的，而我最终想要的，就在排除法中变得越来越清晰！

—1—

也许在很多人眼里她是个放荡的女人，但在我眼里，她是我认识的，最忠于自我的女人，她叫香橙。

香橙算是我的朋友里面最铁的酒伴，酒伴里头最交心的朋友，我们两人拥有相似的玩乐态度。在酒吧里属于游击型玩家，每每外出，都先待在吧台叙叙旧，点几杯酒喝个够，然后各自融入霓虹，去寻找自己所缺失的需求。后半夜在酒吧里要找到香橙很容易，只需搜索舞台上最耀眼的位置，或是帅哥扎堆的人群，总能看到香橙开心地疯癫地跳着舞，和周边的人群一片融洽。

和她认识了3年，一起去酒吧不下百次，可我们却从来没有一起离开过酒吧，因为总有人会送她回去，或者带她回家。3年间，我见证了她的7任正式男友，十多任交往时间过短未曾记录在册的非正式男友。这些男友在和她交往中，她从未出轨，可即便如此，这样换男人的频率仍旧惹来许多流言蜚语。

对这些流言蜚语，香橙丝毫不以为然，她曾经告诉过我："我认为生命是我自己的，单身的时候只需要对本心负责，不要对不起自己，做想做的事，但倘若我有了男朋友，那么我就必须对我们的爱情忠诚，对我的另一半负责任，当然我也不允许男朋友和别的女人发生什么。"

—2—

那天我和香橙在湖边的小酒吧喝着红酒，我趁着酒性正浓，又叫了两杯龙舌兰，香橙见状急忙阻止。

我像看异形一样看着香橙："哇，每次都喝到站桌上跳舞的香橙小姐，今天……是不喝酒的节奏？"

香橙叹了口气："我不是不想喝酒，是不能喝。"

我："你也有不能喝酒的时候？"

香橙怯怯："我怀孕了。"

我差点儿把酒杯给吞进肚子，脑中一声闷雷炸响，惊讶地问："哇，是不是啊！查清楚了吗？"

香橙叹息："已经用了4根验孕棒了。"

我："多少人知道这个消息？"

香橙："目前只有你和我。"

我：“知不知道老爸是谁？”

香橙：“不确定，也不想知道。”

我：“哇，什么叫不想知道？”

香橙：“因为无论是哪个，都不是我要的爱情。”

我被这句话堵得不知道说什么好：“……那孩子……还要不要？”

香橙一脸坚定：“要，当然要！”

我：“如果你留下孩子，孩子却没有父亲，这对孩子很不公平！”

香橙眼眶微微泛红：“我知道，但是未经他的同意，夺走他的生命，岂不是对他更不公平？”

我最受不了女人的眼泪：“那如果确定要这个孩子，有没有想过找出他老爸相处看看？”

香橙：“不用了，有可能性的那几个人都不是我要的爱情，勉强在一起也不会幸福，对孩子来说，单亲家庭要远远比问题家庭幸福得多。”

我：“那……”

香橙：“仲尼，我知道你是为我好，但是我已经决定了。你知道吗，我以前甚至想过，如果我真的找不到真爱，就去精子库找个高学历帅哥的精子来人工受孕……这下倒省事了。”

我：“……”

香橙：“我想过了，如果是男孩的话，就叫Will，如果是女孩的话就叫Free，取的是意志的意思，和自由的谐音，如果是龙凤胎，就直接Free Will，自由意志，多么牛，姓当然是跟我姓咯，毕竟我们都是华人嘛，我想在上海把他生下来，等孩子到了保姆可以处理的时候，我就把他带回美国读书……”

说着说着，她的语气仿佛是新婚的妻子，发现自己怀孕了，又是惊喜又是忐忑，甚至开始筹划孩子的未来，谈话间不由自主地流露出将为人母的幸福喜悦。

听着听着，我的心情愈加复杂而沉重。

－3－

几天后我从快递那儿收到了一张纸质邀请函，精致的信封上手写着：To Dear Johnny。

当我收到邀请函的时候，心想，现在的主办方为了省事，都用电子邀请函，欧盟商会够正式吧？人家今年用的也是微信邀请函，会是什么机构竟然如此讲究？我好奇地打开信封，邀请函竟是来自香橙。

时间：本周六晚8点。

地点：外滩×××酒店顶楼。

着装要求：正装。

落款：香橙。

活动标题：如果生命是一趟旅程，感谢有你们的相伴。

当我看到这样的标题，实在很难控制自己往生离死别的方向去联想，瞬间大惊失色，连忙拨通了香橙的电话。

电话那头传来香橙愉悦的声音：“Hello，仲尼先生，很少接到你白天的来电哦。”

我听到这种轻松的语调，担心的情绪立刻消散一半：“邀请函我收到了，你这不是要往生的节奏吧？”

香橙用满是戏谑的口吻：“你猜呢？”

一句戏谑把我担心的情绪打得烟消云散：“哇，听声音就知道不是，你突然搞个Party是要怎么样？”

香橙：“哎哟，你来就是了，记得正装出席哦！”

我挂了电话，见这女人如往常般疯疯癫癫的，想来定是没事，便也没有多想。

周六晚，香橙在外滩的星级酒店顶楼，包下了一个露台咖啡吧。我算是前几个到达现场的嘉宾，当宾客陆续到齐的时候，我心中的惊讶程度已经攀升到了这几年来的历史最高点。

这次邀请的嘉宾只有20人，而在座的赫然是3年来香橙交往过的7任正式男友，以及十多位没有记录在册的非正式男友。

我脑袋里像放了爆竹一样凌乱，所有可能是香橙未出世的孩子的老爸的嫌疑人都在现场，这该不会是要上演《爸爸去哪儿》的节奏吧？

－4－

宾客到齐后，主办者香橙还没出现，作为香橙的好友，我只好尴尬地招呼大家喝点东西，帮着Hold住现场。

时间正好8点，香橙走进了现场，她简单地和大家打了声招呼，便走上咖啡吧的简易舞台，音乐停止，追光齐聚在香橙身上，银色带鳞片的晚礼服包裹着玲珑有致的娇躯，照耀全场，老上海式的盘头配着纯正中国红的双唇，端庄艳丽，堪称绝代风华。

香橙拿起话筒，众人肃静：“非常感谢大家能来到今天的派对现场，在这里我有一个很重要的消息以及一些心情要和大家分享，希望大家在接下来的时间里，尽量保持肃静。”

香橙清了清嗓子：“这是我人生当中最重大的决定……我怀孕了，我决定将孩子生下来抚养成人！”

全场哗然。

“孩子的父亲不可能是你们之中的任何一个人！”

议论声更加沸腾，所有人面面相觑，待议论声渐渐平息：“我怀孕了。我生命中曾拥有过的男人都很优秀，你们，都很优秀！我们也都曾一起为爱情努力过，奈何最终都没能一起走下去。我们都没错，只是不适合。

“邀你们共坐于此，并不是要索取任何的回报和给予，只希望无论你们理解与否，对我和我的孩子献上一份真挚的祝福。

“不用担心，我不想知道孩子的生父是谁，也不会追根究底地追查，因为我知道，我所拥有过的男人都不是我最终想要的那个男人，即便他愿意承担责任，爱情若是不完美，勉强地结合也不会幸福。与其如此，不如给孩子一个对父亲的幻想和一个快快乐乐、自由自在的单身母亲。

“我知道打掉他，也许未来我将拥有一个真正的健康的家庭，直到我流着泪经过医院的时候，我发现我做不到。在他还没有呼吸到这个世界的空气之前，便亲手夺走我的孩子的生命，是多么的不公平，我做不到。

“我要感谢这个时代，让我每天与成千上万的人擦身而过，与成百上千的人产生了交集。我迷茫过，但每一次聚会，每一个派对，每一张面孔，所有的情绪，让我越来越清楚，在爱情里，什么是我不要的，而我最终想要的，就在排除法中变得越来越清晰！

“我可以自由地和我认为曾经爱过的你们同居，不需要在结了婚以后才发现，自己无法忍受我的爱人睡觉打呼；我不需要在领完结婚证，办完婚礼之后，在洞房夜才发现夫妻间性生活不和谐；更不需要在宝宝呱呱落地之后，才发现爱情的种种不适，而我和孩子，却不得不碍于道德与责任耗尽一生来委曲求全！

“做一个单身妈妈很疯狂、很刺激，也许会引来议论纷纷，或许会有许多流言蜚语，只要我的孩子安好，我不在乎其他的一切。

“如今我站在这里，宣布我将肩负一个生命的责任，为此，我会用我的青春将责任履行到底。

“我知道我改变不了环境，也知道我的倔强，是不会为环境所改变的，所以将来的路可能愈加坎坷。

“但我始终坚信，忠于自己的人，终将迎来自己的时代。你不懂我，我不怪你，倘若可以，愿大家衷心祝福。”

说罢，香橙示意DJ开启音乐，久久的沉默之后，掌声才稀稀拉拉地响起。香橙以葡萄汁代酒，进入了Party状态。众人恍然，每个人面对香橙，都是几番欲言又止却又因无力反驳，只好任凭金黄色的香槟交错着月光，蔓延进每一个人的血液。惊世骇俗的演讲配合着越来越多的酒精，逐渐侵蚀人们心中传统的条框和公众前的面具，有人哭泣，有人沉思，有人感慨，却仍旧强颜欢笑着逃避和抗拒。

—5—

两三个月后，香橙的肚子已经微微鼓起，她的朋友圈、微博、脸书以及所有的动态，都完全进入了一个单身准妈妈的状态，偶尔路过烧烤摊都能拍张照片，说道：“熊孩子，要生你可真辛苦，一连10个月不能吃烧烤，你可知道你老娘有多爱这玩意儿吗？”

或者是拍张威士忌的照片：“死丫头或者臭小子，你再不赶紧从我肚子里滚出来，老娘就快被酒瘾憋死了。”诸如此类，其乐无穷。

那场Party之后的若干时日里，当时在场的两个男生，前后正儿八经地买了钻戒，跑去面对面地跟香橙求了婚，其中一个还学人家国外的快闪视频，动用了十几个人，在一家面包店里，场面搞得甚是浪漫，把香橙感动得一下午没停住眼泪。

另外还有几个在场的、不在场的男生，在和香橙聊天中，总是有意无意地暗示，类似“我多么希望孩子的父亲是我”，“当初的我太固执把你气走，如今我已经不再是那样的人了”，“如果有一天你觉得辛苦了，就来找我，我将如对待亲生的孩子一样对待他”之类。

遇到这种情况，香橙的唯一反应是转移话题。

他们都没有成功，毕竟在她看来，当时努力过了失败了，如今也不需要再侥幸尝试了，性格的根基在那儿，压抑着改变了，对方难免不自由，顿悟了立地成佛了，那这个人也就不是当年让她心动的那个人了。

作为一个男生，我实际上并不是非常理解他们为何可以接受，并尝试让一个不知道孩子爸爸是谁的孕妇成为自己的妻子。

也许这个时代就是这样，总有一些人走在前端，总有越来越多的新鲜事物，来颠覆你的三观，而我们所能做的就是从不可理喻到习以为常。

又或许这就是有原则有担当的人，所应当受到的尊重和青睐吧。

－6－

有一天半夜，我和茶米喝着酒，茶米抽着烟：“香橙宣布怀孕的派对你去了？”

我：“我不去，那整个是谁来告诉你的？”

茶米一脸酷帅地问：“你怎么看？”

我：“看不懂。”

茶米：“我一开始有点看懂了，现在又有点看不懂。”

我：“过去几个月了，现在有什么好看不懂的。”

茶米叹了口气：“老子怎么感觉……好像对香橙有点心动了，你看得懂吗？”

我诧异地看着茶米：“看不懂。”

茶米陷入了沉思，我开玩笑道：“孩子该不会是你的吧？”

茶米回答：“不是。”

他见我开起了玩笑，用严肃的语气说：“我说真的，有那么好几次，我真有想强吻她然后跪下来求婚的冲动。”

这下我是彻底没看懂了，那夜茶米心事重重地不停喝酒，他一杯我一杯，两个人整整喝掉了两瓶龙舌兰。

兴许茶米知道我喝多之后是一个会被感性彻底占据的人。

他趁着自己还没彻底蒙圈，又问了我一遍：“老子真的感觉喜欢上香橙了。仲大师，你倒是给点意见呗。”

那时候我已经晕晕乎乎，突然豪情万丈，一拍胸脯正气凛然地对茶米说：“我们男子汉大丈夫，做事情就是要顶天立地，先看清楚自己是谁，然后想做就去做，想追就去追！敢做就要敢当，做了就不要后悔……”

后来我还说了什么，我自己已经完全记不得了。

时隔好久茶米才告诉我，那晚这个话题他开了个头，我差不多说了大半个小时的胡话，字字句句慷慨激昂，然后吐了他一身，就在捷豹上睡得跟死猪一样。

－7－

香橙怀孕第六个月的时候，渐渐地变得行踪隐秘，几乎不和朋友们见面，网络动态也很少更新，大家对于这位不想知道孩子爸爸是谁的准妈妈，充满了各种猜测和担心。

那两个月茶米也没怎么出现，我回忆起几个礼拜前那个我和他喝酒的夜晚，越想越不对劲。

直到香橙怀孕第八个月的时候，突然宣布她要结婚，而对象果然是我们彼此相识多年的茶米！

这个消息再一次震惊了我们的圈子。

当晚我就去了香橙家里，又是开心又是担忧地问她什么情况。

她告诉我：“我早早就觉得你、我和茶米三个人的性格，其实是很像很像的，所以才能在一起那么开心地玩耍，很久很久以前我就觉得我们三个人任意配对，在一起都应该很合适才对。比如我和你在一起，我和茶米在一起，又或者是你和茶米在一起。”

我冷汗狂流地附和道：“唉，只可惜我是直男，让这段本可能促成惊世唯美三角恋的姻缘，失去了一种美好的可能。”

香橙被我逗笑了，她继续说道：“相比之下，其实我和茶米两个人的性格更为相似，这种相似的性格，仿佛与生俱来就是一切同步的，一撅屁股就知道对方放的什么屁，一个眼神就知道接下来要干吗，不需任何的迁就和适应。”

我难以置信地问：“可……可是大家一起玩耍那么多年了，要在一起也应该早在一起了，怎么搞到现在突然要结婚，他对孩子的事情没有异议吧？”

香橙笑着说：“我们家茶米可比你前卫多了，对孩子的事情有异议，他也不会来求婚了，我也不会答应了，你说是吧？”

我：“……”

“仲尼，你有没有想过，这么多年来，你、我、茶米，我们三个每天这样玩，又有哪一刻是真正地放下玩心？但是紫烟的事情，让茶米看清了自己，我越来越大的肚子，也让我看清了自己。现在就只剩下你了，还在迷茫的青春里。”

说完她叹了口气：“唉，只可惜……”

我惊奇地问：“可惜什么？”

香橙一脸调戏地看着我，拿出了老鸨招呼客人的语气：“只可惜仲尼你还没看清自己，其实人家最想嫁的是仲尼你呢。”

一句玩笑的调戏，吓得我全身上下每个毛孔都竖了起来，鸡皮疙瘩久久不能平息。

－8－

消息宣布之后，香橙和茶米又重新回到了大家的视野里。

茶米天天开车带着香橙，去这儿下午茶，去那儿晚饭的，屁颠屁颠地和各路朋友讨论婚礼的各项流程，小两口十指紧扣，喜笑颜开。

香橙嫌西式婚礼不接地气，茶米说中式婚礼太过老土。

一会儿说要请模特走秀，一会儿请马戏团表演。

香橙说最好新郎能骑着白马接亲，茶米若有所思地说出两个字："蛋碎。"

最后他们通知我说要让我扮演牧师角色，我说我们又不信基督，扮什么牧师?

他们说就是因为不信基督，但又觉得西式婚礼很浪漫，所以才找我来跑龙套。

－9－

婚礼的场地是茶米工作的酒店会堂，那是一场完全按照个人品位量身定制的婚礼。

婚礼上，当时香橙宣布怀孕的Party上的所有人都应邀出席。

茶米西装笔挺地站在礼台上，我以被众人强调不能比新郎帅为由，硬是被逼着穿了件不知哪儿弄来的白大褂，站在会场的最高处，配合着小辫子的发型像极了道士。

香橙牵着她的父亲，腆着肚子穿着婚纱，在众人目光里，走到茶米面前把自己交给了茶米。

我站在两个新人面前，强忍着笑场的冲动。

看着香橙先前给我的稿子，用异常严肃的语调：“今天，我们相聚在这里，共同见证茶米先生和香橙女士走到了一起。他们虽然是两个独立的生命体，但相爱让他们的心脏与灵魂已成一体。他们愿意在全世界人民和……和各……各……个宗教所信仰的众神面前宣誓，从今往后，他们会守护着彼此的人生，不离不弃。”

我问香橙：“香橙，你愿意了解这个人对你的爱，并回应他的爱，认识他的实力并从中学习，认可他的缺点，并帮助他克服缺点，承认他为你合法的丈夫吗？”

香橙看着我的表情，俏皮地率先笑喷：“我愿意。”

我硬是把注意力集中在场下严肃的亲友，才强忍着笑场的冲动：“那么请你为他戴上戒指。”

我问茶米：“茶米，你愿意了解这个人对你的爱，并回应她的爱，认识她的实力并从中学习，认可她的缺点，并帮助她克服缺点，承认她为你合法的妻子吗？”

茶米看着我的造型，再看看笑得瑟瑟发抖的香橙，终于没忍住笑场：“我愿意。”

新郎新娘笑场，惹得亲朋好友都没能忍住开始笑场，唯有强大的我仍旧硬忍着保持严肃：“那么请你为她戴上戒指。”

“现在，我宣布，你们正式结为夫妻。亲吻新娘之前，新郎有什么要对新娘说的吗？”

新郎接过麦克风，深呼吸平静了笑意，他看着香橙：“我要感谢这个时代，让我每天与成千上万的人擦身而过，容许我肆无忌惮地放纵自我。我迷茫过，但每一次聚会，每一个派对，每一张面孔，所有的情绪，让我越来越清楚，在爱情里，什么是我不要的，而我最终想要的，就在排除法中变得越来越清晰！

“香橙，我爱你！这不疯狂，我只是找到了人群中我最想要的那一个。

“香橙，我向你求婚！这不愚蠢，我只是做了我想做的、我该做的事情。

“老婆，谢谢你答应我，让我这个忠于自我的人，迎来了自己的时代。”

那一刻，20多年来漂泊在花花世界的钻戒，终于停留在了两人的无名指上，众亲友或面带微笑地祝福，或感动得泣不成声。

最柔情的一吻，最深情的相拥。

新郎幸福地笑着，新娘笑着笑着哭了。

那一刻，我们的茶米，专一无比。

那一刻，我们的香橙，冰清玉洁。

Chapter4

世界这么大，我们或许擦肩而过

爱和信任，靠手段和花招是骗不来的，
只有付诸真诚才能得以回报。

在这方面，
这世上没有谁是傻子，
也没有谁特别聪明。

伪装爱情

爱的时候回忆满是温馨动人，当占有欲布满了那段记忆，所带来的伤痛就是深入骨髓。不想流泪的时候，我们止不住回忆；想回忆的时候，伤痕侵袭过的美好变得一片狼藉。

—1—

乐可儿是个模特，和丰泽属于一见钟情。两个人都属于从异地来到上海，为了节约房租成本，刚恋爱没多久就进入了同居，一年下来两个人那么好、那么甜蜜，隐隐成为了我们朋友圈子里的模范情侣。

他们之间唯一的矛盾，都是丰泽太过在意乐可儿，因而反反复复地追究乐可儿和几任前男友发生过的往事而导致的。

在他们一周年纪念日过后没多久，发生了这样一件事让我非常困惑。

那一天的下午，乐可儿在家正准备出门演出，秀场的导演是和乐可儿先前传过绯闻的男子。

丰泽在公司上着班，一知道这个消息，就立刻拨了乐可儿的电话让她不要去演出，乐可儿不肯。那天的丰泽也不知道吃错了什么药，一听乐可儿不肯，上班上了一半连请假都没来得及，赶在乐可儿出门之前火速飞奔回到家里。

丰泽拉着正要出门的乐可儿，问她："你是不是对他还有感觉？"

乐可儿当时就困惑了："什么感觉，这只是工作而已。"

丰泽激动地说："你知道吗？如果我是你，我知道是他编导的秀，我根本不会去演，从一开始就拒绝他。"

乐可儿有点生气："凭什么呀？"

丰泽严肃地说："因为你如果去了的话，我就会陷入无尽的胡思乱想，这会伤害我，也会伤害你。"

乐可儿无奈道："这只是工作而已。"

丰泽不依不饶："这份工作付你多少钱，你现在推掉，我原价给你。"

乐可儿："哎哟，这都答应好人家了，马上就要彩排了，如果现在拒绝人家，多不好意思啊。"

丰泽："我求你了，你不要去。"

乐可儿没听出丰泽的认真之意，还好生相劝："哎哟，没事啦，我只是去演出而已，又不是干吗。现在已经3点半了，我快来不及了，你快回去上班啦。"

说罢提了包就往门口走，谁知道门把手怎么拧都拧不开，原来丰泽早在进家门的时候，就已经反锁了大门，乐可儿见此情况，开始气冲冲地在包里找钥匙，谁知道钥匙刚拿出来丰泽就冲了过来，抢走乐可儿的钥匙，又掏了掏自己的口袋，二话不说地把两把钥匙顺窗户就扔了出去。

乐可儿又怒又气地大吼：“你这是干吗？你疯了吗？”

丰泽也被气昏了头：“对不起，我做不到眼睁睁地看着你去会你的老情人。”

一句话把乐可儿惹得怒气上冲，在屋里走了两圈，怒气难消，一怒之下砸碎了电视机，丰泽见乐可儿竟然为了“老情人”跟自己生气，伤心地哭着，自嘲地笑着，坚定地看着乐可儿：“你把他的电话号码给我。”

乐可儿不给，丰泽使着蛮力硬是抢过乐可儿的手机，找到了秀导的号码，发送了这样一条信息：你好，我是乐可儿的男朋友，你们的演出，她不参加了，请你以后也别再纠缠她。

对方没过多久就回了信息：这是怎么了？你不来演出就少了一个人。

丰泽看着回信，拨通了他的电话，颤抖着一字一句地把短信的内容重复了一遍：“你好，我是乐可儿的男朋友，你们的演出，她不参加了，请你以后也别再纠缠她。”也不等对方说话就挂了电话，之后愤愤地坐在客厅里开始闷不吭声。

那一天下午我刷微博的时候，看见乐可儿一连发了10条微博，把那天下午发生的情况添油加醋地一五一十地发了上去，我们当时纷纷留言，问什么情况，打电话也不接，想来是正在气头上。

最让人困惑的是当晚他们就和好了。

这件事情过后，乐可儿是这样说的："这件事情发生的当时我非常生气，可是后来吧，觉得有一个男人这么爱自己，这么想要占有自己，心里却反而有了一点点欢喜。"

我记得当时看到乐可儿微博的朋友还消遣道："果然是一个萝卜一个坑，有周瑜的地方自然少不了黄盖。"

－2－

那天之后两人的感情还是一如既往地甜，但那天乐可儿固执地要参加丰泽眼里的"老情人"的演出的场景，却一直在他脑海里盘旋。

后来丰泽多次问乐可儿，到底有没有和他发生过关系，就因为这个事情，两个人吵了好几次架，乐可儿始终说的是实话，丰泽却始终觉得乐可儿在骗自己。

陷入了极端的丰泽，开始通过各种手段明查暗访，或打听或试探地问了乐可儿身边和这段记忆有关的朋友。

好奇心就是那么神奇，可以把人的理性彻底占据。后来丰泽把调查的范围拓展到了乐可儿之前的日子里，疯狂地追问乐可儿的过往，所有乐可儿有可能接触到的圈子，他都想办法去渗透，那时候的丰泽只要听到有关乐可儿的只言片语，都会去想办法在她面前求证，或质问，或试探口风，或拐着弯套话。

直到问题已经细到"你和你的第二个男朋友在一起多久才发生的关系，一共发生过几次关系"这样的程度。

大约半年的时间，乐可儿天天都被丰泽有关过往的问题缠绕，她把能想起来的都告诉他了，而想不起来的，不想记起的，在丰泽眼里却都成为了隐瞒。

－3－

不知道从什么时候开始，丰泽才真切地发现自己是质问不出个所以然来的，于是就开始把注意力集中在当下。

一开始他们是友好协商，禁止乐可儿7点以后在没有丰泽的陪伴下外出，这在乐可儿的眼里也是情理之中，于是两人相互约定晚上不准单独出门，日子也就这么继续过下去了。

有一次茶米工作需要，让乐可儿帮忙组织几个模特，筹备酒店里的一个时装秀，那天我们约了乐可儿一起喝下午茶，坐在一旁打酱油的我，眼看着对面的乐可儿手机是10分钟来一个电话，每一通都是丰泽打的，而且每一通电话非要以“老公我爱你，么么哒”为结尾，顿时我为她的生活感到无尽的疲惫。

那个下午，原本只要30分钟就能谈清楚的事情，硬是被丰泽的电话骚扰着用了两个小时才勉强收尾。

当时茶米就有接过电话骂丰泽的冲动。

乐可儿只是叹了口气：“我男人什么都好，就是占有欲有点太强了。”

－4－

大约又过了两个月的时间，事态继续升级，乐可儿每逢出门只要不在丰泽身边，就一定要有女性朋友接电话，才算通过查岗，不然就是一通电话讲到两人见面为止。

乐可儿的一切行为太正常了、太没有破绽了，这并没有使丰泽变态的占有欲下降，反而让丰泽认定乐可儿每次出去，都是在和男人约会，接过电话的女性朋友都是乐可儿的帮凶。

渐渐地，丰泽开始每天检查乐可儿的手机，但乐可儿的手机一如既往地没有任何的暧昧信息。扭曲的疑心让丰泽认定她一定是删掉了所有的暧昧信息，过了没多久，丰泽检查乐可儿手机的频率，上升到了半个钟头一次。

他开始听不了乐可儿的微信里响起任何一个男人的语音，只要听到男人的声音就抢过电话把对方大骂一顿。

经过几次剧烈的争吵，丰泽强制着拉黑了她微信里所有的男性朋友，删除了所有名字看起来像男人的电话号码。

终于，乐可儿第一次和丰泽提出了分手。

那夜丰泽跪着哭着求着，深深地触及了乐可儿心里最柔软的部分，最终还是没能狠下心来真的离他而去。

－5－

太多的旷工，让丰泽失去了工作，从他打包离开公司的那天起，只要他们在一起，乐可儿的手机就总是拿在丰泽的手里，所有的电话由丰泽来接，所有的微信由丰泽来回。

一开始乐可儿有点生气，但是想来也没什么不可告人的秘密，渐渐地也就习惯了这种相处模式，直到有一次乐可儿演出刚结束，丰泽无意间看见乐可儿在和一个男模特有说有笑。

那晚上丰泽哭着闹着和乐可儿大吵了一架。

乐可儿："我只是和人家正常说话而已。"

丰泽冷笑着："说话而已？你们那明明就是郎有情妾有意！那孬种一看到我来了，躲得跟兔子一样快，是有多心虚？"

乐可儿："什么，那是人家有急事，要赶下一场演出。"

丰泽："呵呵，你竟然称呼他为人家？你竟然当着我的面帮他说话？"

乐可儿："好了，我不想和你说了好吧？到此为止好吧？"

就因为这个事情的发生，从那天起在"非必要情况"丰泽开始强行地不让乐可儿出门。

一开始乐可儿还倔着性子和丰泽吵闹着非要出门，丰泽从哭求变成劝说，到威胁，再到拉扯。乐可儿是越闹越凶，终于在快要挣脱丰泽的拉扯时，迎来了人生中的第一个巴掌。

一巴掌让乐可儿再也无法保持理智，这么久以来所有的压抑和纠结都化成了愤怒，连打带咬地，把丰泽打得满脸是伤，但终究还是没能走出那个家门。

一而再，再而三，争吵越来越狂暴，拉扯越来越激烈，后来丰泽终于没忍住疼痛还手了，一开始只是示意性地还手，到后来还手打出了血性，乐可儿打他多用力，他就用双倍的力气打还回去。

一连三四天，丰泽终于让步，允许乐可儿出门了，但走到哪里，他都必须跟随。乐可儿有几次在马路上想逃跑，不为什么，就为了一口气，但瘦弱的女孩怎么跑得过男孩，有几次甚至丰泽在马路上就动起了手。

不到两个礼拜的时间，乐可儿从打人的人，变成了被打的人，而且在丰泽的奋力还击中，她已经彻底地失去了还手的勇气。

—6—

甜蜜的生活，成了无尽的折磨，接连的毒打，让乐可儿的情绪一直徘徊在崩溃的边缘，那段时间她回答丰泽的任何话、任何问题都只有一句话："我们分手吧。"

每每听到这句话，丰泽不仅打她，也打自己，这种情况持续了一段时间，兴许是乐可儿坚决的眼神，让丰泽觉得这场独角戏没了趣味。

丰泽为了能引起乐可儿的心疼，就开始疯狂伤害自己，威逼着乐可儿，又要跳楼，又要割脉，又要冲上马路撞车。

乐可儿被吓哭了好几次，死命地拉着他不让他伤害自己。

一天又一天，一次又一次，每当乐可儿想要逃离丰泽的视线，丰泽就开始伤害自己，终于有一天在家里，自杀再一次上演。可这一次乐可儿已经麻木了，也再无法忍受，乐可儿冷冷地对他说："既然你要死，那你就去死好了。"

站在窗沿的丰泽，听到这话，心里一凉险些从二十三楼跳下去。他扶着窗沿，看着乐可儿的冷漠，明白了就算自己跳下去她也不会流出任何的泪滴。

丰泽疯笑着说："好，既然你那么想我死，那我就偏偏不死。"

生活继续陷入了无止境的折磨里。

－7－

又过了两个月不到的时间，乐可儿从越来越少地说话变成了不再说话，从越来越少地出门变成了不出门。

丰泽因为她这样的行为，顺理成章地没收了乐可儿的手机，没收了银行卡、身份证和钥匙。乐可儿就像个木偶一样在家里吃饭、洗澡、睡觉。如此反复，日复一日。

这种状态持续了一个星期，任丰泽怎么打骂，怎么哭泣，怎么求饶，怎么自残，乐可儿都不再说一句话了。

独角戏终于演不下去了，有一天中午，丰泽把身份证还给了乐可儿，笑着对她说："你走吧。"

乐可儿接过身份证，惶恐地、期待地、诧异地，甚至不敢相信地问："真的吗？"

丰泽轻轻地点了点头为乐可儿开了门："真的，但是其他东西我是不会还给你的。"

所有的一切乐可儿都已经不想要了，所有的衣服、化妆品、家庭用具她都不想要了，只想要自由的呼吸，享受没有丰泽的世界。

乐可儿双手紧紧地握着自己的身份证，甚至怀着感激，就要走出了家门。

谁知道乐可儿刚迈出家门一步，丰泽就歇斯底里地拉着乐可儿的头发，把她给拽了回来："你就这么想离开我吗？"

一顿15分钟的暴打，乐可儿没有哭、没有闹，双手紧紧地护着自己的身份证，目光呆滞地看着门口。终于丰泽打累了，停下来问："你还走吗？"

乐可儿已经没有了任何情绪，眼神空洞地看着丰泽："我可以走了吗？"

一句回问，换来的又是一顿暴打。这一次更加用力，但乐可儿还是毫无反应，任凭脸上已经红肿发紫，只是满怀希望地望着那扇好像永远走不出的家门。10分钟的时间像一个世纪一样，耳边终于传来了丰泽温柔的声音："你还走吗？"

乐可儿目光呆滞地望着他："我可以走了吗？"

丰泽没有答话，号啕大哭地扇了自己几十个耳光，猛地冲进厨房，拿了把菜刀架在乐可儿的脖子上："你走我就杀了你，然后杀了自己。"

乐可儿并没有为之所动，也许没有反应过来，仍旧愣愣地问："那我现在可以走了吗？"

毕竟自由离自己只有5米的距离了。

丰泽："如果你为了离开我连命都不要了，那你就走啊！你走啊！"

乐可儿一步一步往家门口颠去，菜刀的刀刃已经深深地印在了乐可儿脖子上的皮肤里，但是她始终没有停下脚步，没有回头，坚定地朝家门口走去。

—8—

那天夜里，我的房门被敲响。我睡眼蒙眬地打开门，看见穿着睡衣光着脚满脸淤血的乐可儿，我差点以为丧尸已经占领了这个世界。

我给乐可儿倒了杯热水，问她什么情况，乐可儿只是呆呆地给我来了一句，让我一个人静一静。此情此景我也没敢吭声，躲在房间里连呼吸都不敢太用力。几个小时之后终于传来了乐可儿的号啕大哭，我急忙冲出房间安慰她，她边哭边笑地告诉我事情的一切经过。

我说："这事你得报警！再怎么样也得把行李要回来，让他补贴个医药费。"

乐可儿说："不用了，衣服可以买新的，银行卡可以补办，我这辈子再也不想见到那个人了！"

我说："你别怕，我有个朋友是做警察的，你这情况肯定能把东西要回来，而且保证他不再烦你。"

乐可儿流着泪大吼着："不用了不用了，东西我不要了，都不要了。衣服、香水、鞋子、手表，我都不要了。我再也不想听到他的声音，再也不想看见这个人，再也不想靠近他一点点，再也不想跟他有任何的瓜葛了！"

那晚我本来想把她安顿到茶米家里，毕竟我家一个男人两只猫，实在不适合空手入住的女子，茶米的家里可是常备女性生活用品。

但是想来一个身无分文穿着睡衣光着脚没有手机的女孩，能从黄浦区来到我这静安区的家里，其疲惫可谓不堪言喻。那晚我把床让给了乐可儿，让她在我家住了一夜。第二天让她穿上我的运动服，才带她去了茶米家里。

两天后，乐可儿问茶米借了2000元钱路费，在ZARA随意买了一身衣服和一张机票就回了广州。

后来据说丰泽疯了一样地寻找乐可儿的消息，也曾经联系上过乐可儿，又哭又求。乐可儿的电话号码、微信号换了又换，微博删了个精光，至今没有再和上海当年圈子里的任何人联系过。

－9－

我们不得不承认爱和占有欲就像孪生兄弟，在爱情里始终并驾齐驱，保持着微妙的平衡。

平衡轻微的失调，我们可以笑着坦然将它调整回去，可当平衡严重失调，那就又是一段不堪的回忆。

爱的时候回忆满是温馨动人，当占有欲布满了那段记忆，所带来的伤痛就是深入骨髓。不想流泪的时候，我们止不住回忆；想回忆的时候，伤痕侵袭过的美好变得一片狼藉。

雨水打湿的地面总会干涸，深刻见骨的伤口总会愈合，世界从来都不曾让人绝望。

该过去的总会过去，十年之后只不过是一场笑谈的记忆。

独角戏

爱和信任，靠手段和花招是骗不来的，只有付诸真诚才能得以回报。在这方面，这世上没有谁是傻子，也没有谁特别聪明。

－1－

风佐是一名国际航班的资深乘务长，也算是我的发小，可以说是我见过最睿智的人之一，从来只有他问我问题我答不上来，我但凡遇到了困惑请教他，他只须随意反问我几个问题，就会让我有一种豁然开朗的感觉。

他和子洋在一起7年了，也是历经了年少时疯狂的追求，热恋时温存的甜蜜，争吵着磨平了棱角，相伴着走过了时光，最终进入了平凡稳定的生活阶段。

大约是2011年初，因为工作的关系，他一个月里面大概有半个月的时间是在国外，其中有一半的时间是在飞机上，一上飞机就是十几个小时的杳无音信，这让子洋很是没有安全感。

子洋是一名自由模特，一个月接10场演出就足以保持小康生活，剩下的20天她也懒得出去，多数时间都是闲在家里，看看美剧玩玩猫，时间之空闲难以排解也无从寄托，每天都只能盼着风佐早早地回到家里，或者早早地下飞机能聊一会儿微信。

子洋曾经告诉我："他每一次关机，我都能幻想着他正在搂着某个女孩在拉斯维加斯或者别的地方，正在你侬我侬，而我却连打一通电话查岗都无能为力。"

近一年半以来，由于工作的压力，风佐哪怕是在上海，也很少陪伴子洋。毕竟手底下有人要管理，航空公司竞争的压力也大，关系需要维护，领导需要应酬，有时候回到家里甚至连说话的力气都没有，或看看书，或看看新闻，便如往常一般抱着子洋沉沉睡去。

子洋找不到风佐出过轨的任何蛛丝马迹。但越来越长的恋爱长跑换来越来越少的陪伴，这和子洋想象中的爱情不一样，总感觉自己已经不在风佐的心里了。

子洋的小心思，在朋友们面前表现得很是明显，我曾问过风佐："你这样飞来飞去，日理万机的，也不陪陪人家，你就不怕她跟别人跑了？"

风佐笑着："不会的，女人的小脾气而已。她要是想跟别人跑我能提前感觉得到的。"

我疑惑："怎么感觉？"

风佐："你没谈过7年的恋爱，不会明白这种默契的。"

－2－

2012年跨年夜，风佐仍旧在航班上关着手机，子洋在百无聊赖狂欢的派对上遇到了三阶，一个看着样貌诚恳，又不乏浪漫幽默的男人。

接近12点，礼炮响起，烟花升腾，香槟交错，人们尽情地狂欢着欢笑着。子洋终于把7年来，除了风佐以外的第一个吻，献给了三阶，一夜迷离。

2013年的第一天，他们两人是在同一张床上醒来的。那夜之后，子洋身材的曼妙，神情的可爱，理智大方的为人，温柔的个性总是不经意地盘旋在三阶的脑海里。就连想起子洋的声音，他的整个灵魂都有酥酥麻麻的感觉。每每发微信给子洋，但凡收到回复，他都能有一种心跳的感觉，就像一只小兔子，在心里疯狂地蹿来蹿去。

他知道自己在子洋的世界里，只是一个短暂的依靠。风佐回来了，子洋的一切情感，又会回到风佐的身边。但即便是这样，他依旧没能忍住爱意的无限蔓延，理智终究没能控制住感情，让自己深深地沦陷在对子洋的爱里。

－3－

越来越少的陪伴，让子洋很少愿意在别人面前提起风佐的事情，即便提起了，也是皱着眉头转移话题。

风佐不在上海的时间太多太多了，以至于子洋的世界空泛得毫无寄托。那段时间她去苏州演出，三阶神奇地出现在了会场。刚开始的时候子洋仍旧有点抗拒，到后来她也想通了，反正逃离出了自己世界的目光，那就伪装成另一个自己，和三阶玩起了“假装爱情”的游戏。

那一次他们手牵着手一起看了苏州河畔倒映的月光。

后来子洋去广州演出，三阶也出现在了广州。三阶准备了一大束玫瑰出现在演出会场，子洋早有预料，不惊不喜地接下了玫瑰，火速逃出了会场，逃离了众人的目光。三天的时间两个人十指紧扣，吃遍了广州的大街小巷。

在三阶的感知里，子洋肯这样和他相处，证明其实他自己已经住进了她的心里，他觉得自己付出的真心得到了回应，渐渐地，占有欲开始和爱情并驾齐驱。他开始调查风佐这个人，调查之后的一切反馈，都让三阶觉得自己胜券在握。

他觉得自己的收入比风佐高，用情也比他深，他们7年的感情虽然坚定，但他有决心要给子洋自己的整个世界和她想要的生活。

终于在他们第三次“假装爱情”的旅行中，三阶向子洋进行了深情的表白。刚开始子洋还很是犹豫，但女人毕竟是感性动物，太多的甜蜜一堆积，就难免分不清爱与欲。在三阶第三次向她告白的时候，子洋终于点了点头。

那时候子洋对他说：“我和他在一起那么久了，总归不可能说分开就分开，我不希望他心痛，也不希望自己心痛。给我一点儿时间慢慢来，一点一点地放淡感情，分别的时候也不会有那么多的泪水，你能等我吗？”

三阶笑着答应：“当然。”

－4－

之后的日子里，风佐仍旧当着他的空中飞人，即便是在上海也身处“日理万机”中。子洋和三阶始终保持联系，她看着风佐，心里想着三阶，她觉得自己两个都爱，两个都放不下，纠结的心理让她开始摇摆不定。

她时而对风佐冷言冷语，收到鲜花和珠宝的时候，也不再像孩子般笑得开心，一起吃饭睡觉，也尽量保持沉默，相处的时候刻意表现得心不在焉。

时而又像没事一样正常地与他相处欢笑，睡前聊着各种各样不同的话题。

一连两个月下来，子洋无论对待风佐的态度如何，她都始终无法从风佐的神情、言行里看出任何异样的情绪。她知道风佐知道，但她分不清这是包容还是无所谓。久而久之，子洋觉得自己好像在演独角戏，她也开始有点放弃了冷漠风佐的工程，毕竟7年的感情摆在那里坚定不移，可苏州河边那个拉着自己的男人又是那么深情款款。拖着吧，就让时间来处理这一段关系。

－5－

又是一次共同的旅行，这次是去杭州。

三阶不明白明明相爱的两个人为什么要偷偷摸摸地在一起，明明可以手牵着手把恩爱秀满世界，为什么要搞得像地下情，最不能让他容忍的是每次风佐电话打来，自己都要保持沉默不能发出任何的声音。

占有欲让三阶再也耐不住好奇，某一晚他趁子洋在睡觉的时候偷偷地打开子洋的电脑，搜查登录过的QQ号码，他终于找到了风佐的联络方式，记了下来。

旅行一如既往的甜蜜，甜蜜得仿佛不像在真实的世界里。三阶那么好那么贴心，在子洋心里，所有风佐不能给的，都在三阶这里得到了实现。

三阶不知道，其实自己这么长时间的等待，这么长时间的忍耐，没有停止过的对子洋一点一滴无微不至的关怀，已经把自己的身影彻底地烙印在子洋的心里，而子洋心里的天平也已经彻底地倒向了三阶，她甚至已经下定决心寻找一个合适的机会和风佐提出分手了。

－6－

那次旅行之后，子洋开始坚定而有计划地冷漠风佐，但毕竟这么多年的感情和习惯阻挡在眼前，感性的女人始终还是没能开得了口提出分手。而三阶那边，理性终于没能控制住占有欲，他再也等不下去了，决定主动出击，把这段爱情的决定权掌握在自己手里。

他瞒着子洋，给风佐发送了一封邮件，内容是这样的：

风佐你好，我是子洋的男朋友，请你以后不要再骚扰我女朋友了。这几天都是我和她在一起的，关于我们之间的事情，你直接问子洋就可以，当然你也可以问我，我的电话号码是×××××××××××。

邮件发完，三阶觉得特别兴奋，他觉得这封邮件一定会让风佐陷入崩溃的边缘。等风佐打电话过来质问他的时候，自己再客气地把认识子洋，以及一起旅行的细节一五一十地向他述说，以击溃这个男人的底线，他甚至幻想风佐在家里怒火冲天地质问子洋，而后提出分手的场景。

因为在他看来没有一个男人能接受背叛过自己的女人，在这样的逻辑里子洋别无选择，只有被7年的感情抛弃，然后完完全全地投入自己的怀里。

－7－

三阶兴奋地瞪着电脑屏幕，期待风佐满是愤怒或者忧伤的回复或者质疑，他甚至在心里模拟了无数遍跟风佐进行答辩的对话，越想越兴奋，越想越觉得自己高明无比。一天过去了，三阶没有收到风佐的任何消息；两天过去了，邮件的窗口还是没有亮起。

三阶想来风佐应该是知难而退，已经自觉地退出了这段关系，又或者他已经和子洋闹翻天了，差不多就该把子洋甩了。

那天，三阶试探着给子洋拨了电话："你最近都好吗？"

子洋的声音依旧愉悦："除了很无聊之外一切都很好啊！"

三阶莫名了："那风佐呢？对你还是一样吗？"

子洋："除了没什么时间陪我之外，一切都一样啊！"

三阶甚至怀疑自己是听错了："难道没有任何异样吗？"

子洋疑惑地说："能有什么异样？"

挂了电话，子洋所说的一字一句，都让三阶深深地陷入了沉思。他认为风佐一定是没看到邮件，于是三阶找了一位跟风佐有邮件往来的朋友，以确认邮箱的号码是否正确。朋友发来了截图，就在昨晚，他还收到过风佐回复的商业信函。这下让三阶彻底地怒了，他费尽心思的挑衅换来了对方的无视，自己就像一个傻子一样在演独角戏。

风佐的无视，激起了三阶的战斗欲，他开始搜寻这个男人的一切踪迹。他找到风佐的微博，一连观察了好几天，那段时间里风佐微博里说的每一句话，哪怕是一个表情都引来三阶的沉思，然后对号入座，觉得风佐定是无处宣泄，只好在微博上拐着弯讽刺自己。

当时风佐转发了一条不痛不痒的笑话，转发语是：哈哈，真变态！

三阶看了这条微博，认定风佐口中的“变态”说的就是自己。

气愤之下他打开电脑写下了一封邮件，洋洋洒洒几百字，把他跟子洋如何认识的，如何发展的，什么时候开始发生关系，什么时候去哪里旅行做了什么……最后还不忘留下了一行自以为高贵从容的挑衅话语。

写完了，他看了看觉得还是不够过瘾，又把他和子洋发生关系的细节用低俗、肮脏的词语添油加醋地进行了详尽的描述。邮件发出去之前，三阶还细心地斟酌了每一个词语，确保邮件里的一字一句定能激起这个男人的怒气，才心满意足地按下发送键。

一连三天的等待，三阶连睡觉都没有把手机关机，大半夜响起了邮件的提示音，他都会立马从床上跳起来，激动地抓起手机，然后失望地看到邮件或来自诈骗，或来自广告，然后再无奈地躺回床上去。

最终三阶还是没有收到风佐的任何回复，三阶又羞又怒，只好劝慰自己那个男人就是个孬种。在心里无尽地贬低了风佐之后，三阶才勉强让自己觉得自己的这场独角戏不那么傻。

－8－

其实第一封邮件，风佐就收到了。邮件里的一字一句，他都看在眼里。他毕竟和子洋相爱7年了，他能感知到子洋陷入纠结，但也能感觉到子洋没有彻底变心，如果子洋选择了三阶，哪怕再痛，风佐都会毫不犹豫地放弃这段爱情，让子洋追求自己的幸福。

但风佐在看到那封邮件的时候，他就知道子洋不会选择他，因为能做出这样事情的男人，其胸怀和情商，是不可能具备足够的魅力，以彻底吸引他相伴走过7年的爱人的，这就是默契。

关于那封邮件，他对子洋选择沉默是想让她有更多的自由空间进行自我救赎，他对三阶选择不回复，是不想掀起一场无关紧要的胡搅蛮缠。

那个夜里，风佐回家的时候看到了第二封邮件。他没有发狂似的质问子洋，没有愤怒地摔砸东西，他只是轻蔑地笑了一下，然后把手机拿给子洋，说：“有个疯子给我发了这样的邮件，这个人你认识吗？”

子洋随意看了一眼邮件，邮件的内容阐述的都是事实，但整封邮件充满了露骨低俗的词语。一瞬间，之前三阶营造出的所有的浪漫感觉，半年来苦心经营出的子洋心里对激情的憧憬，瞬间被羞愧和愤怒的情绪一扫而空。

子洋心里站着两个男人的天平瞬间倾斜，三阶的身影在她心里一刹那从眷恋到厌烦，甚至感到恶心。

看完了邮件，子洋镇定地大笑：“不太记得，可能是某一个追我追疯了的追求者吧。”

风佐从容地笑着轻轻地亲吻了一下子洋的嘴唇，把她轻轻地搂进怀里，用讽刺的口吻问她：“你看他写的故事还算合理吗？”

子洋笑着：“人家都说疯子的内心，有一个自己的幻想世界，可能他自己觉得很合理吧。”

风佐：“那就不要理他了？”

子洋：“嗯，不要理他。”

风佐当着子洋的面删除了那封邮件，并把这个发件邮箱拉进了黑名单里。

那晚子洋趁风佐睡着了，偷偷地给三阶发了一条信息，信息的内容没有提及有关邮件的只言片语，只是淡淡地告诉他：“我们就到这里吧，今后不要再联系了。”

一条信息发完，子洋把有关三阶的一切联络方式都拉进了黑名单里。

夜里她悄悄地蜷在风佐怀里，感觉风佐辽阔的心胸和成熟的包容包裹着自己，幸福无比。

—9—

后来子洋偶尔清查手机的时候，隐约能看到三阶的号码发来的一大段一大段的信息。

子洋在全选删除的时候，随意瞟了一眼，大致都是“难道不能回到以前那样”云云。后来子洋接到了几次三阶用不同号码打来的电话，半年里子洋手机的黑名单里多出了37个联系人，后来三阶也就没有再尝试过联系了。

我想三阶应该不知道，他们在一起离开杭州的那天，子洋的心里其实已经决定要离开风佐，和他在一起。他若是保持不断地奉献，不停地对子洋好，不求回报，想来子洋早晚会用自己的方法去处理，而后光明正大地走出风佐的世界，投入他的怀里。

爱和信任，靠手段和花招是骗不来的，只有付诸真诚才能得以回报。在这方面，这世上没有谁是傻子，也没有谁特别聪明。

江湖救急

信任就像一把双刃剑，从你把它交给朋友的那一刻起，是用它直击你的软肋，还是拿着它来保护你，决定权就已经在朋友的手里了。

我们都曾经年轻过，傻过，哭过，迷茫过，两肋被朋友插刀过。

不过没关系，无论何时你看看身边，总会有那么一群人手握着你给予的信任，微笑着一点一点为你扫去沿路荆棘。

－1－

那女孩叫清田，家住东北，是我听到香橙提起的少数最好的朋友之一。

清田从小父母就离异，那一年她和妈妈吵架离家出走。刚来到上海的时候，身上只有2000元钱，她找香橙帮忙，香橙很大方地就让她先住进了自己的家里。

想来清田也是觉得不好意思麻烦人，于是包揽了香橙家的所有家务，空闲之余也会买点菜。香橙家里那个万年不动的灶台，第一次是由清田开的火。

最好的朋友来了，一举一动都是那么体贴，那段时间她俩整夜整夜地聊着小时候的回忆。大约是在清田住进香橙家里的第三天，香橙听见了她和她父亲的通话，香橙听不清电话那头说的是什么。

只看见电话的这边清田眼眶含泪地对电话说："爸你给我200块就好，你自己一个人也在外头打工，也挺不容易，和朋友兄弟出去不能没了面子。我朋友在这里特别照顾我，我已经开始找工作了，你给200块就够了，真的200块就够，剩下的我自己想办法！"

挂了电话，清田默默地坐在窗台边，看不清茫茫上海到底哪里属于自己，自己又该属于哪里。迷茫中听见背后的香橙说："从今天起，我吃什么你就吃什么，在你想清楚自己要做什么之前，我养你！"

－2－

我第一次见到清田，是在一次下午茶。

和香橙差不多的个头，瘦嘎嘎的骨架顶着一整套粉色运动装，齐刘海小辫子，除了言行举止间有一种"非上海常出入人口"的气息之外，光从五官和身材比例来讲，也算是一个中等偏上的美女了。

闲来无事的下午，我和茶米、香橙三个人坐在一起，除了聊点业务，偶尔带点感性之外，剩下的话题就纯属儿童不宜了。

清田一下午在旁边听下来，一会儿害羞地低下头，一会儿脸红得像个苹果。到了傍晚下午茶即将散去，清田看着我和茶米的眼神满满的都是鄙夷。

后来我出差去了北京大半个月，回上海之后又休养了小半个月才终于没忍住酒瘾，赴了香橙的约，去了外滩一家著名的"自以为是名流的人”会聚的酒吧。

那天的清田跟在香橙旁边，穿着香橙的礼服和高跟鞋，拿的是香橙的包包，齐刘海小辫子已经变成了帅气的三七分女士时装短发，一缕挑染的紫色配上显眼的红唇，落落大方，傲气十足。

从那以后，我每次和香橙见面，都能看见清田的身影。前后经历了两个月的时间，清田几乎认识了香橙身边的所有朋友，气质也从“非上海常出入人口”变成“自以为是名媛的女子”。

清田始终没有找到合适的工作，想法变了又变，方向改了又改，香橙也始终没有说什么，仍旧去哪里都带着她。

也许这就是魔都的魔力，越是有几分姿色的男女，就越容易出入那些纸醉金迷的酒窖，越容易见到一个个着装体面挥金如土的少年。上海滩越来越多的景色映像在脑海里，就越是迷茫自己到底属于哪里。

那段日子里，香橙和清田两人一起逛超市也要发微博，一起做饭也要发微博，一起看韩剧也要秀一下朋友圈，香橙哪怕和男生约会也会带着清田，从头到尾都是香橙花钱。

一时间我们都嘲笑香橙看破了红尘已经不喜欢男人。

谁知道我们聊到这个话题，香橙没有和我们嬉闹，甚至没有狠狠地瞪我们一眼，竟然笑着跳过了这个话题。那段时间我和茶米对香橙的性取向很是担忧。

－3－

2012年中，香橙感冒了还去喝酒，最后发了高烧，烧到卧床不起。

那天下午清田穿着香橙的行头，打扮得漂漂亮亮地去赴一个心仪男人的约会，出门前香橙随口交代了一句：“你回来的时候记得给我带点吃的。”清田点了点头，开心地关上门之后，一天半的时间都没有回来。

隔天晚上，差不多快9点，香橙给我来了通电话。

香橙：“仲尼，江湖救急！”

也许是一种默契，我立马意识到情况应该是有点复杂：“什么情况？”

她说：“发烧，买药，买食物，越多越好！”

我也没多想：“你家有微波炉吗？”

她说：“没有。”

我说：“哦了。”

她说：“快！”

挂了电话，我立刻开车去了诊所，医生问我是哪一种高烧，我打香橙电话没人接，隐约有一种病入膏肓的节奏。我急忙说：“你把什么四肢无力、喉咙痛、浑身冰冷、恶心干呕之类的情况，反正每一种都开一份，分开装，标记好，快！”

拿了药我立刻去了家乐福，随手买了一台最便宜的微波炉，以最快的速度带了几块快速微波的牛排、几袋快速意面、一些哈尔滨红肠、一整袋子的酸奶、一箱方便面、一堆的简易微波套餐和一些零食小吃，匆匆忙忙结了账，火速往香橙家里赶去。

敲门好像敲了一个世纪，香橙才晕乎乎地开门，那一刻的香橙脸色惨白得着实把我吓了一跳。

她见我带了整整三大袋子加一个微波炉，给我来了句："够义气！"

我把东西放下，随口调侃道："你也会有这么凄凉的一天？"

香橙完全没有理会我的消遣，像饿死鬼一样狼吞虎咽地吃了两口香肠就去厕所狂吐，吐完回来喝了瓶可乐压了压恶心的感觉。

我帮她把微波炉装上，热了一份意面，香橙一鼓作气吃掉了整盘意面，一根不剩。缓过劲来了，香橙说："其实我打个电话总会有男人过来给我送东西的，但是我不想让他们看到我这么难看、这么落魄的样子。"

我："清田呢？"

香橙："不知道呢，打电话也不接，短消息也回得含含糊糊的，也不知道会不会有什么危险。"

—4—

到了半夜，我看着香橙服下相应的药，安稳地躺在床上才安心地离去。

据说我走后没多久清田回来了。

香橙当时还满怀担心地问她："你去了哪里？"

清田戚戚地说："这两天和詹姆斯去了杭州。"

一句话令香橙对清田彻底失望了，满满的信任换来病重时的无视，将香橙击入了崩溃的谷底。香橙沉默了许久，所有的质问和肮脏的词汇都给憋回了心里，最后淡淡地告诉清田："过两天我男朋友可能会过来住，所以你可能要自己想办法了。”

清田听出了言外之意，她突然意识到没工作没收入的自己要是离了香橙，茫茫上海她连睡觉都不知道要在哪里，更不可能穿着名贵的衣服出席各种各样的典礼，当下她就流下了眼泪，哭着对香橙说：“前几天在酒吧里，詹姆斯说要娶我，说要带我去法国，但是去法国之前，要先陪他去一趟杭州，我当时一时糊涂，一心就想着趁他现在还爱我，赶紧嫁给他，嫁给他我就能拿到法国国籍了。我想你只是小感冒发烧而已，应该不会严重到哪里，所以我就跟他去了。”

“谁知道在杭州住了两天，第三天早上一醒来，那男人就像变了脸一样，头也不回地要走。我拉他，他满脸厌恶地甩开我，我哭着求他，他甚至骂我……骂我……”

香橙终于还是心软了：“他骂你什么？”

清田：“他说你这个臭婊子，和我上床还不是为了法国国籍，做你的美梦去吧。”

说罢清田靠在香橙的怀里泣不成声，眼泪一滴一滴地沾湿了香橙的睡衣。随着睡衣的湿去，香橙心里的那一点儿责怪，也一点一点地变成同情和怜惜：“傻姑娘，你还没看清上海，看清自己。”

－5－

这个插曲，没有多少人知道，香橙和清田的生活一如既往地和谐，直到清田在上海的第七个月，她在香橙的介绍及护航下，终于和一个常住在深圳的外籍华人正儿八经地开始了一段感情。

那男人先后来上海找了清田三次，最后一次他来看望清田的时候，清田一整周都和男人住在酒店里。

清田打点行囊去深圳的那一天，香橙笑着抱着她，送了她很多名贵的衣服和鞋子。

清田抱着香橙哭着说了一些“经常来深圳看我，我也会来上海陪你”等等，才不舍地转身离去。

香橙一直支撑到看着清田进了电梯，关上门的那一刻，才独自流下了泪水。

之后在我们的圈子里就没有了清田的消息，只是偶尔在朋友圈可以看见清田的动态，全是名车、豪宅、名品的奢侈生活照，偶尔自拍也笑容洋溢，那表情就如生活在梦境里。

清田和香橙身处两地，彼此又非恋人，联络越来越少也就成了自然而然的事情。

－6－

有一次因为公事带点玩心我买了机票打算去深圳，香橙知道了这个消息就非要和我一起。

飞机上，香橙说：“妥妥的，清田现在在那儿混得风生水起，我们去了肯定有得玩。”

我们各自开好了酒店，我问香橙：“清田呢？要不要一起吃饭？”

香橙信心满满地：“她说家里有点事情，晚点喝酒的时候再出来。”

吃完饭了，到了酒吧，开好了酒，我问香橙：“清田呢？告诉她卡座号没？”

香橙笑着：“告诉了，她说她事情还没忙完，估计晚点过来。”

那晚，直到大家都喝多了，清田还是没有出现。之后的三天里，我就再也没跟香橙提起这个名字了。

一连三天，清田总是有这样那样的理由，明天推后天，直到我们登上返程的飞机，清田仍旧身处于“日理万机”之中，连香橙都懒得再帮这位曾经的挚友找理由辩解了。

－7－

清田的生日是3月5日，她生日之前给香橙发了一条信息，把上次深圳之行没有出现的缘由，说得是千百个不愿意，那么逼真，那么动人，就好像真的是命运弄人身不由己。

2013年3月3日，她来了上海，在一家市区里消费最便宜的KTV，定了12点过后最便宜的时段，毫无布置地办了一场庆生派对，理由是好朋友见面何须那么浮夸，能相聚能喝酒，能说说往事就已经是完美。

那天下午香橙叫我开车带她去了卡西欧的直营店，买了一台神器包装在礼盒里打算生日派对上送给清田，我摇头叹息地说她傻，香橙给我搞了一句：“两情若是久长时，又岂在朝朝暮暮。”

我哭笑不得彻底无语，据说之后清田在北京和深圳，各办了一场朴素的生日派对。

－8－

两个月之后香橙怀孕了，她不知道父亲是谁，却决定要这个孩子。又过了两个月，肚子渐渐地挺起来了，香橙辞去了工作，独自一人走入了安心养胎的状态。那时候的香橙一心都想着孩子能健康，吃的用的都是买最好的最贵的，没多久生活的花费就超出了预算，眼看着腰包一天一天地瘪下去，香橙仍旧倔强地没有向家里要一分钱。

无奈之下香橙给清田打了电话，这通电话一来是跟自己最好的朋友倾诉那些无奈的情绪，二来是想说毕竟曾经在上海她也帮过清田，现在找她借点钱也不足为过。

清田果然没有让香橙失望，爽快地答应了香橙有关借钱的事宜，只是从那以后，香橙的生命中就再没有了清田的消息。

那几天香橙在家里是又恨又气。我们都明白，若是当时请清田吃饭喝酒送她神器的钱能省下来，今天的香橙也不至于这么狼狈。

终于，我、柠蕾、竹也、茶米、贞木都收到了来自香橙的信息，信息里仍是四个字：江湖救急！

我们一起聚到香橙家的时候，诧异地发现香橙的手臂上孤零零地散落着几个自己咬红的印记。

我们问她怎么了。

她告诉我们，她想咬痛自己，咬醒自己，用伤疤来提醒自己今后不要再相信不该相信的人了。

我们笑着摸着她的头说：“我们不是还在这里嘛。”

－9－

信任就像一把双刃剑，从你把它交给朋友的那一刻起，是用它直击你的软肋，还是拿着它来保护你，决定权就已经在朋友的手里了。

我们都曾经年轻过，傻过，哭过，迷茫过，两肋被朋友插刀过。

不过没关系，无论何时你看看身边，总会有那么一群人手握着你给予的信任，微笑着一点一点为你扫去沿路荆棘。

笑容无瑕

一起做过的梦，再短暂，也是值得珍藏的记忆。怀念又何尝不是一种圆满的结局？

其实爱情从来都不会离去，它只是化作了回忆的形式，留在彼此生命中最美的时光里。

－1－

嘉欣是我们圈子里公认的大美女，走过米兰时装周，在北京的模特圈子里，也是混得风生水起。毫不夸张地说，她的追求者至少数以百计。她一直喜欢着一个人，一个没有见过面的、遥不可及的人，那个男人叫七社。

七社在一档谈话节目担任主持人，按照嘉欣的话说："当我在电视上第一眼看到这个男人的时候，隔着屏幕，整个灵魂就被他独特的气质深深地吸引了。"

那一眼之后，嘉欣在微博上找到了七社的号，才发现七社虽在银幕前给人嘻嘻哈哈的形象，可骨子里却藏着一颗脆弱的玻璃心。

他写的每一篇博文都那么用心，每一字每一句都那么让人心疼，那么惹人怜惜。

两天两夜的时间，嘉欣用心去体会了七社的每一条微博。越是深入，七社的每一句话每一个细腻的词，就越是打动嘉欣的内心，又是哭泣，又是爆笑，情到浓时会分享七社的博文到朋友圈里，让我们这帮朋友很是惊奇。

后来，翻看七社的微博成了嘉欣每天的睡前必修课。她只是看着，不评论、不转发、不点赞，感觉就像是一种灵魂的交会。七社每一晚的情绪，都让嘉欣恨不得深深地把这个藏着孩子心的大叔，紧紧地抱在怀里，守护着他，为他挡去世间的风雨。

微博之余嘉欣在网络上翻看了与他相关的一切新闻，将他主持的每一期电视节目都看了好几遍。他是那么好，那么完美。她发现这个男人不仅有外表，内在更是让人着迷。所有嘉欣心里完美男人的条件，在七社身上简直体现得淋漓尽致。

她跟我们说过，她幻想过和七社相遇的场景，也许会是在录影棚探班，她激动地送给他一盒巧克力，就红着脸跑开了；也许是在某个大街上，两人百无聊赖地碰到了一起，他请她吃冰沙，她把他逗得哭笑不得；也许是在某一个海边，他正望着海面沉思，自己则静静地坐在他身边，两人看到了相互的存在，却彼此不相言语。

那一年，她所有的梦里都是七社的身影。

—2—

疯狂地寻找和探听，她终于从朋友处得到了他的微信，也许因为三观相同，三言两语下来，两人的友谊瞬间建立。

他们第一次相见约在了电视台的门口，嘉欣费尽周章截取了她最喜欢的七社的博文和照片精心地做成了一本合集，满怀期待地、小心翼翼地站在北京的雪地里。

当年她是这样描述的：仲尼，你知道一见钟情的感觉吗？当他迎面朝我走来，我仿佛听到了一声巨响。世界是那么嘈杂，人群是那样涌动，但是眼前的一切都模糊了、寂静了，整个世界就只剩下他的身影。

那晚，七社开车带着嘉欣去吃了烤肉。

从嘉欣的描述，七社本人比电视上看上去要高出许多，要瘦弱和苍老。性格也不像电视上表现出来的那么高贵和讽刺性的搞笑。真实的他很温暖，一言一行都那么贴心，每句话都能让人心窝温暖，可他的眼神又是那么深邃，仿佛所有说不完的故事，那些不堪回首的过往，都化作一条银河，被深深地藏在了他的双眼里。

整个过程并没嘉欣想象中的任何画面，七社仿佛有一种把控全场的能力，一切都由他来安排，一切话题都渐渐地被他主导。每天都出现在梦里的男人终于坐在自己的对面了，嘉欣完全无法控制自己，慷慨陈词地对七社表达了自己的爱意，以及这么久以来，她还不认识七社的时候，自己是怎么关注着他走过的四季。

七社听完了她的叙述，只是叹息着说："我已经有女朋友了，我们是彼此的初恋，在一起8年了，估计明年就要结婚了。"

嘉欣笑着："没关系，我从来没有奢望过拥有你，只是希望能靠近你，看看你，对我来说就已经足够了。"

七社笑着说：“傻瓜，我们做好朋友吧。任由感情放纵，这样最终只会耽误你自己。”

嘉欣笑着看着他，没有答应也没有拒绝。至今嘉欣提起那个初见的相遇，笑容里都满是温馨。

—3—

后来的日子里，他们大约一个月见两次面，一起去过百子湾喝咖啡，一起逛过大悦城玩电动，一起并肩走过天桥，一起在深夜的时候，走在回家的路上，一起开心地笑过、打闹过。他为她买过盒饭，她给他送过暖袋，他陪她看她喜欢的电影。七社吃过嘉欣亲手做的饭，节假日七社也给嘉欣送过一些小东西作为朋友的心意。有过美好的回忆，让嘉欣觉得很知足，每天都笑得合不拢嘴。

她甚至能感觉到七社渐渐地开始喜欢自己，但那份喜欢七社始终没有说出口，嘉欣也没有戳破。

因为，这不是两个人的故事，是三个。

永远有一个不容忘记的女人在七社的心里，而那个女人比嘉欣早出现了8年。

那时我问过嘉欣，既然明知道不可能拥有，你这样和他交往图的是什么?

嘉欣说：“我只图能靠近他一点儿，再靠近他一点儿。能听到他的声音，能看到他的微笑，能闻到他身上的烟味，偶尔能收到他发来的晚安，我就已经很幸福很幸福了。”

—4—

电视台的工作调动，七社要走了，去的是上海，嘉欣在收到消息的时候就毫不犹豫地开始打理行囊。那天她打电话给我：“仲尼，我想搬去上海住。”

我：“你怎么突然做这样的决定？”

嘉欣：“因为七社工作调动，要搬去上海了。北京我住得太久有点厌烦，想换个环境，也能多见见你和茶米、香橙他们呀。”

我叹息着说：“那你的工作怎么办？好不容易建立起来的人脉关系，难道全部扔掉，来到这里一切重新开始吗？”

嘉欣笑着说：“做模特而已嘛，你又不是不懂，跑几家经纪公司，你们帮我介绍几个经纪人不就又上轨道了吗？”

想来我是拗不过她了：“那你打算住哪里？”

嘉欣说：“房子还没找好呢。七社新的工作单位是南京西路的电视台，你在南京西路尽可能靠近电视台的地方帮我找个一房一厅，小区尽量新一点儿，房租你先帮我垫着，我落地了就现金给你，我这边的一些行李陆续寄到你家里，到时候还要麻烦你开车帮忙送过来。”

我问她：“这些事情都没问题，但是你和七社说过这事没有？”

嘉欣：“还没说呢，打算今晚吃饭的时候说。”

我：“那等你们商量好了确定要办，我再帮你弄房子的事情。”

据说那夜七社和嘉欣的整个晚餐过程，七社都在劝说她不要那么傻，就算去了上海两个人也是不会有结果的，而嘉欣从头到尾都是笑的，一切劝说的词语都没能听进心里……

那时候嘉欣说：我只是想着，此刻的我们靠得那么近，梦里的男人存在得那么真切，无论付出多大的代价，将来只要偶尔能这么靠近地感受眼前的这个男人，真实地感受到他的气息，一切就已经足够了。

那天深夜我收到了嘉欣的微信："仲尼，帮我找房子吧！条件照旧。"

我摇着头，打开了电脑，开始帮她搜索靠近电视台的房源。

－5－

一个半月之后，当嘉欣第一次站在南京西路的电视台门口为七社送盒饭的时候，七社看到嘉欣真的就这么活生生地站在那里，又是无奈又是心疼。

七社："傻瓜，叫你不要来你还来。"

嘉欣笑着："我就是希望离你近一点儿，不需要回报，只需要偶尔能看到你就够了。"

说罢，嘉欣给七社递过来一张地址："喏，这是我家，就在电视台对面，我可以每天给你做饭送过来。你看，就是那里，无论你多晚下班，都可以看见有一盏灯亮在那里，那代表我在想你。如果你饿了就上来坐坐，我给你煮面；如果你累了，就上来躺一躺，我帮你按摩；如果你不想上来，我就下来陪你走走。"

说着嘉欣又递过一张卡片给七社："这是我的上海号码，专门为你申请的，这个号码只有你知道，24小时开机哦。"

那天七社堂堂一个公众人物，就这么蹲在路边，思绪万千地把嘉欣为他亲手准备的盒饭吃得一干二净。

后来的日子里，七社似乎有点抗拒嘉欣的出现，毕竟感觉这种东西一旦有了缺口就会汹涌而出。他不可能放下8年的初恋，因为这是三个人的故事，到头来陷入两难的不仅是自己。

可一次又一次，无论他怎么冷漠，都能看见嘉欣那张无瑕的笑脸和不求回报的爱意。

七社一直以来的坚定似乎有了一点儿松动。

后来他偶尔也会去嘉欣家里坐坐，两个人一起吃饭、看电视，女朋友出差的时候，也一起去看过电影、逛过公园。

和女朋友闹别扭的时候，七社开始会坐在电视台门口不显眼的位置，看着嘉欣家的阳台，回想那些一起共同经历的甜蜜。

有几次他甚至想过撕碎一切，就这么按电梯上楼，不顾一切地把嘉欣拥入怀里，然后带着她远走高飞。

但他始终没有这样做，只是静静地看着那盏始终为他一个人亮着的灯，幻想着如果……可能……也许……

－6－

半年的时间，悄无声息地走过他们的生命。

没有牵手，没有拥抱，没有接吻，却好像历经了百转千回。

终于七社站在嘉欣面前告诉她："我要结婚了，下个月。"

嘉欣强忍着钻心的疼痛，仍旧微笑地看着他："那祝福你呀！"

原本以为嘉欣会痛哭流涕的七社，没想到自己先流下了眼泪："对不起。"

嘉欣微笑着安慰他："哭什么，本来我们就知道会有今天的结果，只是……只是你结婚以后，我们还可以偶尔一起出来吃吃饭，一起走一走吗？"

七社沉默了会儿，越哭越剧烈："不能了，不能再放纵情感延伸下去了，毕竟责任已经落到身上，我不能选择逃避。"

嘉欣仍旧笑着，就如第一次见他时的笑容一样灿烂："那……祝你幸福。"

－7－

他们的最后一次见面是在一个酒吧，那夜他们并没有相互约好。

那晚嘉欣终于卸下了一直以来让自己辛酸的微笑，一杯接着一杯，喝得趴在桌上起不来，喝得号啕大哭。

说了一夜的胡话，说到后来，七社来了嘉欣都没有发现，依然趴在桌上闭着眼哭着，哭着。

七社摸了摸她的头说："你傻不傻，我有什么好，值得你这么爱我？你那么好，我又怎么会不喜欢你呢？所以，就这样吧，我要结婚了。一起走过的回忆，塑封起来，摆在脑海里的某一个角落就好，趁什么都没有，你把我忘了，找个好男人吧，我会祝福你的。"

说完，吻了一下嘉欣的额头。

嘉欣想抹去眼泪，挤出一个初见时的笑容留在七社的生命里，可眼泪一滴又一滴，怎么也无法抹干净。她甚至不敢抬头看看七社，因为她不想自己最狼狈的样子，成为她在他生命里最后的记忆。

到最后她都没敢抬起头睁开眼看一下他，她害怕看到他的背影，害怕自己会忍不住过去拉住他的手，让他不要走。

－8－

时隔好久。

那段话依然时不时会在嘉欣的耳边响起。七社不知道，嘉欣的爱到底有多深，自始至终嘉欣无瑕的微笑背后，到底为他哭过多少个夜晚，有多少次想过如果早些相遇会多好，做梦都想穿越到8年以前。

而嘉欣不知道，七社什么都知道，就因为什么都知道，所以他要离开。他不是要结婚，只是要她放下自己，因为他也快要爱上眼前的这个女人了，一颦一笑，他都在感受着，只是，他已经有了8年的她，责任感无法让他抛弃她和嘉欣在一起。

他爱她，也爱嘉欣。只是，他是男人，就要做出选择。

有些人，命中注定是错过。

“我很幸福，因为我爱过你。”

“我很幸福，因为被你爱过。”

这是属于他们两个人的回忆，别人都不曾参与。

没有相守的年华来谱写生命的篇章，也没有临终的微笑为爱情画上圆满的句点，但这份感情如烟花，像流星，瞬间绽放的光芒，照亮了生命，空前艳丽。

一起做过的梦，再短暂，也是值得珍藏的记忆。怀念又何尝不是一种圆满的结局？

其实爱情从来都不会离去，它只是化作了回忆的形式，留在彼此生命中最美的时光里。

偷　情

已逝的时光我们无力回去，过去的人也不会从记忆里跳出来伤害你。证据只存在于别人的脑海里，谁也不能倒带别人的记忆。

－1－

久安是我的某一任前女友，满族姑娘。也许是因为民族血统的关系，久安天生皮肤黝黑，身材面貌在我的审美里，接近无可挑剔，她的童年是在马背上长大的，骨子里就透着放荡不羁，性格剽悍无比。

久安家里属于那种当地的土豪，母亲出身书香门第，所以这女孩在家人面前看着十分知书达理。

我们在一起的时候，前后同居了半年才分的手。那段时间里，我就像琼瑶剧里的马景涛，她就像《还珠格格》里的小燕子，两人吵起架来那叫一个电闪雷鸣惊天动地，身边所有的朋友都多多少少受到了殃及。

分手之后我们仍旧保持联系，也许因为之前轰轰烈烈的经历太深刻，剥离了男欢女爱的欲望。半年来的身心疲惫，剔除了对彼此图谋不轨的念想，以朋友身份相处，反倒是亲密无间。

2011年底，久安23岁。在他们的民族文化里，23岁这已经是一个不得不结婚的年纪了。那段日子，她的父母逼她结婚已经到了一天三通电话的程度，每一通电话都是三句话不离这个话题。

久安一开始还极力挣扎，最后实在顶不住压力了，找来了我、茶米、香橙，有条有理地把当时她的众多追求者和暧昧对象的条件信息，一一给我们做了简介，再把聊天记录和发生过的事情，详细地从头说了一遍。

我们各自回家消化几天，香橙的意见是找一个最爱久安的人结婚。

茶米的看法是把终身托付给一个经济条件最合适的人。

我的看法是找一个自己最爱的嫁了。

三种意见一出，几个人热热闹闹地探讨了几天，硬是扯出了无数的天文地理。

最后三个人各让了半步，给出的提议是：选择一个相对迷恋久安的，家里有个几千万不算巨富的，久安对他挺喜欢的，将来有机会培养出爱情的人来结婚。

搜寻了久安的候选名单，具备上述条件的男人只有一个，他叫清源。

－2－

2011年12月，久安去了巴黎跨年，我们故意放消息给清源，提示他这是一个好机会。清源也算机敏，一接到消息，就立刻准备了一套完整的求婚攻略，准备了无数的鲜花和一枚一克拉钻戒，志在必得地杀去了巴黎。据说那晚久安感动得眼泪鼻涕流了一地。

2012年，清源和久安毫无意外地结婚了，婚后久安不和我们厮混了，成天在家做她的好媳妇。婆母慈祥，夫妻恩爱，俨然给人一种中国好家庭的景象。

没过多久久安就生了个女儿。孩子一落地，久安立刻从疯了一样的小燕子，摇身变成了知书达理的紫薇，再加上久安学的是新闻播报专业，有事没事就喜欢穿着职业装到处晃悠，无论站着坐着腰杆都挺得老直，说起普通话不由自主地都是央视新闻腔，开着超跑，带着宝宝，不经意间总会给人一种母仪天下的威严。

－3－

2013年初，我和久安吃着麻辣烫。

久安神情恍惚地说："我好像谈恋爱了。"

我不以为然："你和你老公还挺浪漫的嘛，结了婚还那么有激情。"

久安："不是和我老公，是跟奥斯丁。"

我吃进嘴里的青菜差点儿喷到久安脸上："我去！什么情况？"

久安说："我也很奇怪，总之就是突然联系上了，和他聊天聊得也不多，但是句句都能聊进心里……就像当年的我和你一样。"

一句话把我说无奈了："那你应该知道当年的我们是什么结局，你们现在发展到什么程度了？"

久安："前天晚上约了吃饭，牵了手，接了吻。"

短短一句话让我目瞪口呆。

久安静静地说："放心吧，我们都知道自己的担当和背后的责任，只是无奈人生没有如果。那一面，见的是当年错过的自己；那一吻，吻的只是自己错过的当年。"

我："后来呢？"

久安："最后奥斯丁是跳车逃走的，他说我们不可能是一个世界的人了。既然明知不可能有结果，又何必让感觉蔓延。"

他那一走，我感觉轻松多了，因为总算逃过了这个社会里大家眼里的自己，可钻心的失落又不能控制地蔓延，怎么逃也逃不过心底里的自己。

久安："我在车里等了他两个小时，给他发了好多微信，但是他都没有回，打电话也是关机。那一刻我甚至在想，如果他回来了，我就绝不会再放开他的手。"

我叹息："不放手有什么用？"

久安幸福地笑着："就让自己彻头彻尾地跌进短暂的梦境里吧。"

自由而密闭的轿车里，数不尽满天繁星，路灯昏黄尽是暖意，时间里包裹着暧昧的甜味，肆意蔓延在空气里。身处其中，想来任谁都会如痴如醉。

－4－

一段时间之后，因为某种机缘巧合，我和久安一同去了厦门，住的同一家酒店，睡在隔壁房间。

夜里，久安来到我的房间，和我一起聆听窗外的小雨。

久安："奥斯丁也在厦门，你说我要不要去见他？"

我："这要看你自己了。"

久安："我真的很想去。因为情绪已经到了不得不发泄的地步，要是再不释放，我怕这种情绪会产生扭曲，而后变态，最后造成更可怕的结局。

"……"

"算了就一次吧！也算做个了断，给自己一个交代，今后绝对不会再有。"

我看着她没有答话，任由久安自顾自地说服自己。

久安："可是我怕这个阀门一旦打开就关不住了，可怎么办？到时候延伸出更多的欲望，局面更加难以收拾，那我就真的成了变态了。"

久安拿着手机，看着对话框，在房间里晃来晃去。一会儿坐着，一会儿猛地躺下，折腾了半天终于叹了口气："算了，还是不去了，且把禁欲当作一种修行，让我们都净化成为更好、更纯粹的人。"

她说服完自己，连一句晚安也没说，就径直走出了我的房间，砰的一声，房门关起。

-5-

到了半夜2点，我的房门响了，我开门一看，久安穿着一件紫色的晚礼服，高跟鞋盘头红唇，衬托着古铜色的皮肤，惊为天人。

我看到久安这副德行，着实吓了一跳。

我："你干吗？"

久安："我想了想还是决定去见见他。"

久安走进我的房间，把手包往床上一扔，自顾自地点上了一根烟。

我莫名其妙："那你来我这里干吗？"

久安气哼哼地说："来你这里抽根烟。他突然关机了，我找不到他了。"

我："算了吧，想必他那边也是像你一样纠结。既然都这样了，那就放了彼此，保护自己，也保护对方的世界。一再错过的，就让它过去吧。"

久安愤愤地望着窗外，心绪不知几何。

雨还在下，海滩宁静地躺在小雨的怀抱里，撩人心弦，让人不自觉地为之陶醉。

-6-

清晨，我按照约定叫久安起来吃早饭，可我拨了久安的房间电话和私人号码，许久都没人接听，也不知是睡深了，还是不在房间里。无奈之下，我只好自己吃了早餐，出门安排自己的事情去了。

傍晚我接到久安的电话："仲尼，我估计不能和你一起回上海了。你帮我收拾收拾行李放在酒店前台好不好？麻烦你咯。”

我疑惑：“你昨晚去奥斯丁那里了？”

久安：“嗯，后来我打通了他的电话，这一次我们都决定要尊重自己。”

我：“那接下来呢？”

久安：“既然能在厦门相遇，那就让自己彻头彻尾地跌进短暂的梦境里吧。将来的事将来再说，眼下就把这次旅行，当作岁月中的如果。忘了当年那些牵绊和责任，尽情地享受那些年错过的可能会发生的事情。”

我：“你太感性。”

久安：“我不知道将来会不会后悔，也不知道我此刻的选择对不对，但这一刻我真的很开心、很幸福。”

我：“既然如此，那就保护好自己，还有奥斯丁，以及你们背后的一切。”

久安：“嗯，放心。”

天色灰蒙气温微凉，沙滩仍在雨里。裹在被子里紧紧相拥的爱人，哪怕相视无语，也尽是暖意。激情缠绵在每一个深吻里，就像窗外的海景，接连着天空，一望无际。无论哪方的配偶来了电话，另一个人都会自觉地不发出任何的动静，一切那么和谐。

－7－

回到上海之后，这件事情就像没发生过一样，默默地留在了厦门的街头小巷里。

奥斯丁继续当着他的好丈夫，对老婆孩子无微不至；久安继续做着她的好媳妇，偶尔在微博上秀恩爱，家庭和睦其乐融融。

2013年，久安的女儿一周岁，家里大张旗鼓地给小妹妹办了一场庆生宴，奥斯丁带着贝琳娜和孩子也一起来参加了Party。

一整晚，久安和奥斯丁就如一直以来那样，交谈正常，欢笑随意，浑然不像经历了厦门的那段旅程。

饭后奥斯丁和久安各自搂着自己的爱人，还有几个朋友，站在阳台上相聊甚欢。

聊着聊着清源突然冒出了一句："亲爱的，厦门的旅行还开心吗？"

一旁唯一知道内幕的我，顿时陷入了无比紧张的情绪。

谁知道久安毫不避讳，没有任何尴尬地笑着："嗯，厦门可好了，气候太舒服了。对了，我在厦门的时候还碰见了奥斯丁，人家都很照顾我的。"

清源笑着对奥斯丁说："我们家久安平时傻头傻脑的，那几天真的多谢你帮忙照顾她。"

奥斯丁脸上也丝毫没有尴尬的迹象："都是那么多年的朋友，应该的。"

清源笑着："要是有机会在旅行中碰见单独的贝琳娜，我也会不遗余力地把她照顾周到的。"

可能是我想太多的关系，越听越觉得这番对话不太像是那番滋味，可接下来的谈话大家仍旧保持无限和谐的状态。两对夫妻、两个家庭，互相交流着照看孩子的经验和一些孩子成长的趣事，笑声此起彼伏。

—8—

世途疲惫，总有那么多的牵绊和枷锁，阻碍着你做自己，我们甚至忘了自己是谁，想要的是什么，不知不觉中所有的付出，都在一个劲儿地往别人希望你成为的样子在努力。

我不知道久安和奥斯丁当初的决定是对是错，但至少在那段旅程里，他们走出了别人的眼里，活出了想要的自己。

我不知道清源和贝琳娜到底知不知道这件事，又或者到底知道多少，但表面看来他们都没有任何的异样。这件事没有影响生活，没有影响感情，旁人又有什么资格妄议。

不论将来怎样，至少在那个下着雨微凉的海边，他们觉得对得起自己。

有时候一件事情发没发生过，确确实实在于有没有人知道和知道的人在不在意。

已逝的时光我们无力回去，过去的人也不会从记忆里跳出来伤害你。证据只存在于别人的脑海里，谁也不能倒带别人的记忆。

日子总得过下去，时间不会等你，既然没带来伤害，没破坏责任，既然过去了，那就让它过去吧。

包容别人，同时也是包容自己，毕竟每个人都有机会陷入猝不及防的激情，而那有可能发生在生命中的任何一个时刻里。

Chapter5

你还没来，我怎敢离开

即便我们都知道眼前不是长久之计，
即便焦急，即使无奈，可仍看不到将来在哪里，只好得过且过。
于是一年一年，一不小心青春就再也找不到痕迹了。
我们时常误以为此刻的现状都是自己的选择，
其实那只是困境中一再妥协的结局，是注定，谁也逃不掉。
有时候走下去不为到终点，
也不为能走得更远，只是因为我们都没得选。

一个万人仰慕的少年

人性就是这样，自由时我们竭力寻找财富；富裕时又怕现状不能长久而感到焦虑；到了富裕长久之时，人们又感觉到麻木而重新渴望自由。但谁又能真的回头？

有时候走下去真的不是为到终点，也不为能走得更远，只是因为我们都没得选。

—1—

我有5个结拜兄弟，大哥叫二水。

歃血为盟的时候我们都还小，只知道他的手机一直都用得比我们的好，游戏机一直玩得比我们先进。起初只觉他老爸应该是个土豪什么的，也没太在意。几年之后偶然间在某台经济新闻的采访里，我们认出了被采访的对象好像是他爸，于是我们在好奇下查了百度，发现他老爸的名字赫然在福布斯排行榜。

从那天起，我们几个小伙伴无论去哪儿玩都是他买单，用他的话说："我的钱反正花不完。"

十七八岁的时候，他新家刚装修好，他趁家里没人，带了我们5

个还有一些小伙伴偷偷地要去他家开Party。刚到他家楼下我们就惊呆了，那位置是全市最好的地段，走进电梯，发现是全小区最好的楼层，开门走进他家里，户型是500平方米的超大楼中楼，落地窗外全海景一览无余，主卧浴室里，光浴缸就有我家两个卫生间大。

记得当时我还问："买这房子得花不少钱吧？"

他毫不在意地随口回答："这房子不要钱。"

我好奇地追问："为什么不要钱？"

他说："因为这个小区是我爸开发的。"

我的下巴差点儿掉到地上。

—2—

五六年前，我受邀到上海的某集团公司担任创意总监，我从收到邀请函到做出决定，到打点行囊上路，前后大约只花了两天的时间。

那时候，二水刚拿驾照，家里给了他一辆破破旧旧的小起亚先练手。临行的那天，是他开着小起亚，送我到的机场。我换好了登机牌托运了行李，我们俩蹲在机场外面抽了根烟，抽的是"白七匹狼"，说了些相互鼓励的话。

我至今还记得当初的画面，我走进安检，二水隔空对我说："如果在外头觉得不自在了就回来，在厦门有哥罩着你。"

我强忍着澎湃的感动："嗯。"

—3—

二水滴酒不沾，却经常带着我们到处去喝酒。我第一年从上海回来，喝醉了住在二水家。

第二天一大早，他说："仲尼，起来，我老妈叫我今天去看车。"

我看了看表，早晨8点："才8点，我去不动，要去你自己去！"

他激动地摇着我："哎呀，走啦，我纠结了很久不知道选哪一款，你比较有眼光帮我也看看嘛！"

我说："我们是打的去还是什么？"

他回答："我老妈开车。"

我："哇，那我更不去了，等会儿别吐在你老妈的车里。"

他一顿疲劳攻势把我整得睡意全无，我只好顶着狂晕的脑袋，强忍着吐在车里的冲动，陪他去了奔驰的4S店。

他在4S店兜了两圈，指着各种车型询问我各种意见，我也就噼里啪啦地随意表态，选了大半天他坐上了一台C63 AMG，叫我坐上副驾试试看，我上了副驾敷衍地说："棒！"他摸了摸方向盘双眼放光地告诉我："我被这辆车的内饰给征服了。"

第二天我们就去取车，两个年轻人，开着百公里加速4.4秒的百万级轿跑，感觉就像是《速度与激情》里面的男主角，只要道路稍微有一点儿通畅，我就立刻大喊："哥，推背感搞起！"他但凡听到这话就像打了兴奋剂一样，将油门一踩到底，发动机的轰鸣仿佛比飞机起飞还要给力。

晚上轮到我开车了。那时年轻，速度一起激情必然澎湃，在郊区的公路上我轻松把时速开到了230，我见往来没什么车辆和行人，乘着那股猛劲，再踩油门继续加速把时速开到了290。就在这时，突然间马路边上窜出一只花猫，我当下一惊，急忙中猛踩刹车，奈何接近300的时速怎能说停就停，强力的刹车产生了剧烈的侧滑，眼看着车身就要撞上防护栏，我急忙把方向盘往右侧一打，谁知这一打，车身失重整个车身侧翻了起来。

我脑子里最后的画面，是我们坐在车里，头朝下，车子飞在半空，离地至少两米，我死死地抓住方向盘，安全气囊清晰地喷出，之后就是一片空白了。

－4－

我睁开眼的时候，是在医院里，我发现自己正躺在病床上，二水坐在我的床边，脸上贴了两个创可贴，若无其事地玩着手机，啃着双层吉士汉堡。

二水见我醒来："怎么样？身上还有哪里痛？"

我伸展了一下四肢手脚，晃了晃脑袋，竟然感觉浑然无恙，我半开玩笑地说："我们还在人间吗？"

他温柔地笑着："这是阴间的医院！来，吃个汉堡。"

我看他的神情就知道是没事了："你怎么样？车呢？"

他笑着打开手机，让我看了一张图片："奔驰的安全性还真是好，我就脸上小撞了一下，其他完全没事，你还晕过去了，我连晕都没晕，喏，这是我下车的时候拍的照片，我们也真是牛，把车开到了树上去。"

我接过手机，图片里赫然是那辆新买的奔驰，破碎不堪地挂在公路边上的一棵护栏树上。

我打开汉堡，万分悲痛地盘算着维修费，小心翼翼地问："那这车能修吗？"

二水一脸严肃："估计很难。"

我毫无食欲地放下汉堡："车是我撞的，但我现在没那么多钱赔你，不过我有生之年会把158万原原本本地还给你的。"

二水低声跟我说："这次就说是我开的车吧。事故现场没有人，我把你弄下来的时候也没人看见！"

我瞪大了眼看着他："这……"

二水："等你以后变成乔布斯或者李嘉诚的时候，帮我买一辆法拉利就可以了，哦，对了，新车我都已经订好了，一模一样的C63，那安全性实在太牛逼了。"

后来来了好多交警和医生，我们的家长也都来了，所有人像看怪兽一样看着我们两个，反复询问"你真的没事吗？有没有觉得胸口有点痛？会不会觉得头晕？"等等。

我们一再否定，众人打死都不信，给我们安排了一系列的身体检查。折腾了一下午，我俩当晚就跟没事人一样走出了医院，各自回家受训去了。

－5－

五六年前，他放弃了去英国留学的机会，决定下工地帮家里企业做事。

我们都是看着《微软传奇》《乔布斯自传》《大时代》长大的孩子，每一个同学朋友都幻想着将来能够成就一番流芳千古的事业。而二水是我们所有人里面，起点离流芳千古最近的一个，他所拥有的一切，都是我们每个人奋斗的目标。

那一年他被扔进工地实习的时候，虽说声势不大，但在朋友圈里可谓是万众瞩目，所有认识他的人，都在期待着一个商界传奇的诞生，甚至有人打赌他在5年内能不能登上亚洲十大商界才子的排名，他自己也是兴致勃勃，信誓旦旦。

可事实往往不尽如人意，当他满怀斗志走进工地，开始对接项目的时候，才发现即便自己是集团总裁的长子，一切仍旧没有那么简单。

两年的时间里，他在家族企业的内部暗战中，被暗算得欲哭无泪。面对十几年的老员工倚老卖老丝毫不给他面子，他却又无可奈何；稍微有点资质的技术员恃才自傲，下达的任务轻重难以拿捏；建筑工人阳奉阴违，执行力接近于零。

同年，因为家里觉得他女朋友长得不好看，会影响下一代的基因，极力反对他们在一起，无奈之下，二水含泪告别了爱人。

那一年我从上海回来，仍旧是他来接的我。

车上的二水，开着百万级轿跑，住着千万级豪宅，去任何场合都具有一掷千金的资本。家世显赫万人景仰，所处之境让多少人梦寐以求，而眼前的他即便笑着的时候，也不曾放松紧锁的眉头。

-6-

一段时间之后，我回了上海，继续醉生梦死。

没多久，据说他父亲把他安排到了集团旗下的另一个企业，是一个建材工厂，其业务量接近垄断长江以南。

这一次二水也不知道是在梦里受到了神仙的指点还是如何，简直如服伟哥，坚挺雄伟地接管了这个新企业最大的股权，强硬地要求掌握公司的财务和出纳的所有权力，拥有了绝对的话语权。起初亲戚朋友嘘声一片，甚至有人质疑他的父亲不应该拿这么大的项目让自己的儿子实习，当然他们父子俩依旧一意孤行。

半年之后在集团股东大会上，二水拿出了他旗下建材工厂的财务报表，营业额几乎没有提升，但其利润却翻了4~5倍不止，众股东瞠目结舌。

时来运转，二水征得了他父亲的同意，在管理建材厂的同时，带着一帮班底杀回工地，大刀阔斧地废除了许多不科学的制度，快刀斩乱麻地开除了几个刺头员工，瞬间建立威信，原来滞留不前的工程进度，翻五六倍地飞速推进。

那一年我们大约23岁，都是急于表现自己的年纪，二水用自己为集团创造的效益，买了一辆价值几百万的玛莎拉蒂轿跑。我辞了工作，靠着在时尚圈的一点儿小人脉七搞八牵，赚了点小钱，首付了一辆大黄蜂，在厦门买了套小房子。

那年我回厦门过年，仍旧是他开车来机场接的我。车上的二水变得非常健谈，意气风发，自信十足，开口闭口都是亚洲金融格局、中国房地产走势，年轻的我也不甘示弱，满嘴飘着国内外的时尚资讯、国际时尚品牌的价值解析。

那一次过年，他带我参加了各种商会的尾牙。同龄人没有人再叫他二水，都会尊称他一声水哥；一些长辈级的商人，也会客气地叫他一声李总。

几乎每次出席类似的宴会，二水都会和一帮老头子谈笑风生，聊一些我完全听不懂的话题，你来我往煞是乐享其中，我就只能傻乎乎地跟在旁边看别人严肃我也严肃，看别人笑我也笑，连自助餐都没时间吃，全程甚是无趣。

—7—

有一次我和二水喝茶。我抱怨道："也不知道谁说出去的，现在很多人知道我是你的结拜兄弟。"

二水："哦，是我说出去的。"

我白了他一眼："然后前天××公司董事长的儿子小李请我喝酒，对我各种好，照顾得太周到，让我什么时候叫你一起吃饭。我知道你肯定不想去，搞得我很尴尬。"

二水硬装出一脸高深莫测："尴尬就对了。"

我："对个屁，还有昨天××企业的总经理，说有两瓶好酒要送给我，我估计也是在打你的主意，所以我就拒绝了没要。"

二水："你傻啊，干吗不要？"

我："要来干吗？"

二水："转手卖钱啊！"

我疑惑："哦，他们找我，都是想找你帮忙办一点儿破事。你又不动，我白蹭？”

二水猥琐地比画了个打太极的姿势，装得很有意境地对我说：“你要学会打太极呀！”

当时我只当这是一句玩笑话，没怎么放在心上，如今回头细细想来，才明白那个时候的他已经成长到一个我们望尘莫及的地步了。

－8－

之后两年，我辗转上海和北京，很顺利地赚了不少钱，也许因为过程过于顺利，因此我也没太珍惜劳动成果，大把大把的现金，都贡献给了夜店和美女。

2013年底由于种种原因生意周转不灵，卖了车都填不上资金运转的漏洞，就差卖房子了。实属无奈给二水发了信息，我编辑短信斟酌了一晚上的用词，到最后实在不知道怎么开口，于是简洁明了地发了四个字：大哥，借钱！

当时二水回复的信息甚至连原因都没问：“要多少？”

我：“20万刚好，30万比较有操作空间。”

二水：“好，卡号发给我。”

不到3分钟，我的手机就收到了来自银行的信息，35万已经到账。

那时候我总觉得资金到位了，一切就没有问题了，后来才明白，有些事在于天时地利人和一气呵成方能成功，这一切哪怕错过了分毫，想再挽救就比登天还难。

我用尽了一切办法，使尽了一切手段都没能阻止35万瞬间亏光，最后连房租都交不起了。假意用了两天的时间思考人生，算是给自己一个交代，走遍了上海有过记忆的所有地方，用文艺情怀把伤感伪装得甚是体面。

打点了行囊，带上猫就回了厦门，住进了这几年打拼下来仅剩的小房子里。

－9－

我回厦门的那天，飞机晚点，抵达的时候已经是深夜，机场空荡荡的没有几个人，二水叫我去出发口找他，我上到出发口走出机场。

深夜的出发口，除了二水空无一人，那天他开的不是玛莎拉蒂也不是C63，而是当年第一次他载我去机场的那辆小起亚。我们把行李放到后备厢里，二水给了我一根我们不抽已久的白七匹狼，示意我蹲下来抽根烟。

同一地点，同一辆起亚，同样的白七匹狼，同样的我和二水，同样的夜景，感触万千。

二水："回来有什么打算？"

我："没什么打算，先自由撰稿，写写小说，零散接点广告的创意文案，然后再看吧。"

我心想二水会不会老套地给我搞一句："没事，在厦门有哥撑你！"

我念头刚落，这傻货果然没换台词："嗯，如果有什么要做的，哥撑你！"

我仍旧由衷地被感动了一番，但总觉得男人之间矫情起来特别尴尬，当下我假装没有听到，赶紧转移话题：“走吧，吃碗家乡的沙茶面去，好饿。”

二水：“我也好饿。”

我凭记忆指路带他去一家印象中的面馆。

车上，我说：“哥，如果我说的那家沙茶面没开，会不会很对不起你？”

这句话他也许听成了“哥，我生意没做好，会不会很对不起你”之类。

二水淡定地说：“不会啊，没事，你又不是我们这种富二代，一个人出去打拼也挺不容易的。都说男人三十而立，现在这个年纪重在经历嘛。”

那一刻我被这句话深深感动了一下，矫情的话情不自禁地就要脱口而出，可话到了嘴边瞬间又感觉肉麻无比，于是我立刻装作若无其事：“不是啦，我是说如果我说的那家沙茶面没开，会不会很对不起你！”

他笑着：“哦，那会！”

－10－

我安定了下来，生活和事业渐渐地进入了轨道。写字之余偶尔无聊也会跟在他身边，一会儿去工地，一会儿去他们家的商场，一会儿去他的建材厂。

每次在建材厂，我都能看见各种下属和乙方排着长队让他签字，那过程就像畅销书作者签售会一样，哪怕起身上个厕所，众人都十分紧张，仿佛怕他跑了一样。

我本以为他事业顺畅，名车豪宅，天天饭馆，生活应该是无限潇洒，可跟他吃了几次饭才发现，原来他们这样的人，吃每一顿饭都是有目的的。有时候是跟团队里面的高管，有时候是跟重要的乙方，吃个饭还得陪人家谈天说地聊女人，整个饭程高管们和乙方都在极力取悦他，同时他也在巧妙地取悦着高管们。

他在自己家的商场里拥有一个300平方米的办公室，装修极致奢华，场面很是到位，但是他仍旧摆脱不了辛苦的面具。

我每次去他办公室闲聊，都能遇见各种各样来自四面八方的客人来找他。无论对方是龙是凤，还是阿猫阿狗，他都表现得极为热情，有时候谈正事，有时候只是维系关系地瞎聊。我惊奇地发现，无论聊建筑、聊文学、聊企业管理、聊电影、聊女人、聊天文地理，甚至聊美剧，他都能轻易地接上话，并从容地发表自己的看法，有时候我甚至怀疑他是不是活着的百度，一顿茶喝6个小时，一张嘴就如脱口秀主持人一样，从不冷场。

之前我非常乐于找他蹭饭，毕竟他出入的都是各种高级餐厅，餐饮还是相对美味的，只是每次一起吃饭，都会出现各种所谓的商界名流。蹭饭的过程是快乐的，但饭后的咖啡又是众人脱口秀的开始，一聊一两个小时，这对于我这个外行来说，简直是煎熬，久而久之我也不太找他蹭饭了。

晚上大约9点半10点的样子，饭局散去，他将面临两个选择，要么去酒吧娱乐场所继续戴着面具，维护团队和谐和社会资源，要么回家和家人聊企业的未来发展和现有的问题等等。

总之一天下来，仿佛没有一秒钟是他自己的，一年365天全年无休。

他曾答应过自己不下十次出去旅行，机票酒店都订好了，但事到临头总有这样那样的突发状况需要总裁处理。3年来他的秘书至少帮他退掉了几十张旅行机票。

2014年元旦，我俩静静地坐在车里跨年，他笑着告诉我他最大的乐趣，不是打球，不是温泉，不是电影，甚至不是女人，而是把手机关掉。

我：“你开宾利，住豪宅，卡里随便几十万，但每天从睡醒到睡着几乎没有一分钟是你自己的，这样的生活，真是你想要的吗？”

二水：“不想啊，可是没办法。”

我：“可以理解为贪婪吗？”

二水：“不是贪婪。我们都很累，家里每个人都很辛苦。但是做企业就是这样，逆水行舟，做上去就停不下来了。”

我非常平和地问：“你有没有想过，你买再大的房子，你也只能睡在一张床上；你买再多的车，你一次出门也只能开一辆。没错，你赚了非常多的钱，名车豪宅万人景仰，但是365天几乎没有一天休息，就连偷闲都不敢睡到自然醒，这样的交换，值得吗？”

二水：“其实我也不想做，我爸也不想做，而且我们如果现在收手，卖掉集团的股权和不动产，我们能拿到的现金可以说子孙10代都吃不完。”

我默默地听着。

二水：“但是我们集团从一家默默无闻的石材厂做到今天的规

模，至少有几千人是拿着我们发的工资过日子，这几千人的背后就是几千个家庭。

“集团就像一台机器，如果不持续运转，所有的零件就会慢慢生锈、坏死。没错，我们抽身卖掉集团是可以享福，但是跟着我们几年、十几年的那些老员工，还有那些刚适应我们企业的毕业生，在新的管理团队下，难免会被洗牌。不止这些，我们现在手上有那么多项目，如果说收手的话，有几十家服务我们的乙方公司会面临倒闭。

“我们一开始做企业当然是贪婪的，当然是为了赚钱，可是企业做到今天的规模，我们自己家该买的想买的都能买了，继续运作就变成了一种责任，不仅是自己的责任，也是几千个家庭的责任。”

二水把车停在海上大桥边，跨过栏杆坐在隔海的防护栏上，我也坐了上去，一人点了根烟。

我说：“你知道吗？以前我特别羡慕你的生活，一直以你现在的样子为奋斗的目标。可这次回来，我不再羡慕你了。”

二水轻轻地笑了：“现在反倒是我有点羡慕你，住着自己的小三房，开着小丰田，天天睡到自然醒，有感觉了就写写文章发给杂志社，没感觉了就看看电影、洗洗温泉，想买什么也买得起，不想做事的时候没人会逼你。”

二水望着漆黑的大海笑着：“有好几次我都想从这里跳下去。”

我玩笑道：“You jump I jump.（你跳我也跳。）”

二水：“I jump了你jump个屁啊！”

我：“说好了同年同月同日死的嘛！You jump吧，I肯定jump！”

二水作势要跳："那我可真跳了哦！"

我一脸无所畏惧："跳吧。"

二水撑不住了："还是你先跳好了，你跳了我绝对跳。"

我装作一脸大义凛然："行，抽完这根烟就跳！"

二水嬉笑着："算了，还是别跳了，还有几千个人等着我发工资呢。"

我也笑着叹了口气："是啊，还有那么几个人等着我发微博呢。"

– 11 –

二水坐拥金山却逃之不离，而他的身后仍有万千少年前赴后继。

当人随着年纪走到某一个时间点，大多会发现，从前做梦都想要得到的，如今却变得平淡无奇了；而那些用于追逐梦想的自由时光，却真真实实地遥不可及了。

人性就是这样，自由时我们竭力寻找财富；富裕时又怕现状不能长久而感到焦虑；到了富裕长久之时，人们又感觉到麻木而重新渴望自由。但谁又能真的回头？

有时候走下去真的不是为到终点，也不为能走得更远，只是因为我们都没得选。

从未登上机舱的空姐

我们时常误以为此刻的现状都是自己的选择，其实那只是困境中一再妥协的结局，是注定，谁也逃不掉。

即便我们都知道眼前不是长久之计，即便焦急，即使无奈，可仍看不到将来在哪里，只好得过且过。于是一年一年，一不小心青春就再也找不到痕迹了。

— 1 —

上海的南京东路有一家日式酒馆，调酒很纯正，座位很少，开了很多年，是我在上海生活的一部分。人们为了逃避散布在这座城市的寂寞，而在这里相聚，满屋子的陌生人，萍水相逢，没有利益纠葛，反而对彼此毫无芥蒂。

这里有一款调酒叫ZOMBIE，酒精度奇高，入口酸甜爽口，一杯微醺，足以让人侃侃而谈；两杯大醉，或狂欢或哭泣；三杯不省人事，简洁明了直入主题。

5年前的冬天，我独自坐在这家酒馆，点了一杯ZOMBIE，一个人喝了起来，旁边坐的女孩看我也是一个人便随意开口："经常来这里？”

我看了这女孩一眼，个子不高，眉清目秀，马尾清爽，一身粉色的韩式运动服。虽说不是我的菜，但至少让人有谈话欲。

我：“也不太经常，一个礼拜3次吧。”

她笑了：“一个礼拜3次还不算经常，那怎么样才叫经常？”

我笑着指着吧台里的调酒师：“他一个月有26天在这里，他才叫经常。”

女孩大笑：“为什么喜欢这里？”

我：“我不知道，可能这里舒适，音乐好听，客人友善……又或者在这里不需要戴着面具，你呢？经常来这里？”

她：“我之前没有来过，我只是路过这里，又刚好想喝酒，就这么坐在了这里。”

我：“那我该请你喝一杯酒。”

她疑问：“为什么？”

我：“因为上海有2000多万人口，偏偏你和我坐在了一起，还说上了话，这很妙不是吗？”

她笑得花枝招展：“这是你一贯的泡妞手法吗？”

我：“不不不，这里不是我的猎场……你要烈酒淡酒？”

她：“烈酒。”

说罢我向吧员要了一杯ZOMBIE，女孩刚喝了两口便进入了聊天的状态。

她说她叫贞木，来自青岛，20岁，单亲家庭，妈妈带大，家里卖了房子才让她读上空乘专业，她很认真地学习，她相信有朝一日一定能成为一名空姐。每每聊到激动处，便大口饮酒，随着血液里酒精浓度的上升，她开始语无伦次地说她的家庭纠纷，说班级里的钩心斗角，但每一个故事的结尾，都是励志向上的言语，可见她对将来的人生充满了期望。

那夜之后，我们时常保持联系。贞木隐晦地表示她喜欢长发胡楂男，又发问候短信，又时常送礼物，我打着太极了无痕迹地拒绝了一切情意。时间久了，她也明白我的用意，于是就把我当作一个纯粹的朋友来看待了。

－2－

一年之后，贞木毕业了，那年她们的专业有300个女孩去应征了空姐，只有两个人被录取了，而贞木并不在这两个人之列。

面试结束后，和她同年毕业的女孩很多都回了老家，而贞木却选择留在上海，但专业不对口，一下子不知道干吗了。有一段时间她以放松心情为由，老是浑浑噩噩地跟一些女孩一起去酒吧，后来酒吧里的经理看她们形象不错，便留了她们几个在酒吧里充当形象大使。

她第一天上班的时候我还好奇："什么是形象大使？"

贞木："就是天天打扮得漂漂亮亮地去酒吧，管理人员会安排最显眼的座位给我们，安排很多香槟给我们，我们就装作客人一样坐在那儿喝酒开Party就行了。"

我仍旧疑惑："重点是酒吧这样做的意义是什么？"

贞木："这你还想不明白？酒吧就想让那些去消费的客人觉得

场子里美女很多，而且不是坐台的小姐，但现实生活中哪有那么多美女去酒吧？那就只好请我们这帮女孩子去装客人咯。”

我恍然大悟：“哦，也就是暖场咯？”

贞木骄傲地说：“对，差不多是暖场，不过不一样，我们比一般的暖场要高级，所以才叫形象大使。”

我：“那他们给钱吗？你们是要固定上下班吗？”

贞木：“他们当然给钱，不给钱谁干啊？一个晚上给300块钱呢！既然给钱了那肯定要固定上下班，每天晚上10点到凌晨2点，每个月调休5天。”

我：“那挺爽啊，给酒喝，有音乐听，一个月还给你七八千块？而且还只上班4个小时。这样算下来，时薪比一般4A公司的高级设计师还高出不少。”

贞木神情满足：“那是！”

我又疑惑：“可是待久了不会被拆穿吗？毕竟有些人经常去酒吧，天天看到你们，久而久之也就看出猫腻了吧？”

贞木：“请我们的这个酒吧，是一个连锁集团，在上海有12家酒吧呢，每家酒吧的风格定位都不一样，去的客人都不同，我们一天换一家待着，哪有那么容易被拆穿？”

我：“可这也不是长久之计呀，毕竟夜场的东西……”

贞木：“我又不傻，先做着保证了收入，有饭吃，有房子住，然后继续考空姐呗。我考过一次，大概也知道了门路，我对今后的面试很有信心。”

我：“行吧，你都知道，那我也不多说了。”

之后的半年里，贞木每天就浓妆艳抹地出入那12家酒吧。那时候的贞木心里还想着当空姐，也就没太走进夜店的圈子，一下班就回家复习，信心满满地报名参加航空公司的面试。

后来她确实参加了几次面试，每一次几乎都是千里挑一的节奏。贞木找了关系，送了礼物，但是仍旧一次都没成功，久而久之她空姐的梦想和希望也就消磨得所剩无几了。

那段时间贞木开始跟身边的许多人唠叨做空姐的弊端，说这个职业是青春饭，伤眼睛，内幕黑，实习久，晋级慢，哪怕转正时薪水还没她现在高之类，再把暖场这一职业形容得无比高大上。每个人都能看出来，她这样做，其实是通过对别人的阐述，来说服自己。果不其然，没过多久贞木便全职做起了夜场，青春终于沦陷在震耳欲聋的音乐里。

贞木放弃了梦想之后，渐渐地开始和真正的酒吧从业者打成一片，很快就习惯了这个人群的作息。凌晨2点下了班还去别的地方玩，天快亮了还得去吃夜宵，每天几乎到中午11点才睡，一觉醒来就是晚上八九点，随意吃两口饭，便继续化妆赶去酒吧上班。一切所谓乐趣和新鲜感，在成为了每天必需的工作之后，逐渐变得麻木。

—3—

两年后贞木交了个男朋友，据说是个不得志的职业模特，两人爱得惊天动地，朋友圈都快被他们的秀恩爱给刷爆了。那时男孩穷得连房租都快付不起了，贞木毕竟做了两年的暖场，手头上也有了点积蓄，就让男孩搬到了她住的小单间。

贞木说这个男人胸有大志，将来想做模特导演或者演员，而且很热爱学习，将来一定是做大事的人。所有的朋友都摇着头，对她说但愿如此。

他们交往了两个月，男孩报读了上海戏剧学院的业余表演培训班，一个月几千元的学费是贞木掏的腰包。

那段时间贞木被男孩的蜜罐子给熏得神魂颠倒，我们说什么她都听不进去。我曾问过她为什么这么傻，她反过来鄙视我说："你说这种话就太自私了，爱情里面哪分你我！而且我从高中就开始学空姐，如今就不了业，也就注定将来成不了什么气候。今天我帮他，等到他出名了，赚钱了，我不也就有好日子过了？"

众朋友无奈叹息。

－4－

几个月后，贞木给我来了电话。

贞木："仲尼，你能帮我介绍个工作吗？我不想做暖场了。"

我："怎么不做了？不是好好的吗？"

贞木："你也知道我现在房租就要去掉3000，我家那口子，现在在上戏培训一个月又要去掉几千块钱，剩下的钱我打车都不够用，现在都靠那点积蓄生活。"

我："那你现在突然转行薪资肯定是比不上你在夜场的收入的。"

贞木："主要是我厌倦了夜场，想过正常人的生活。趁现在积蓄还能撑得住，随便换个正常点的工作，朝九晚五的那种小白领之类，等他差不多毕业能有点收入了，积蓄花完了，我也差不多能升个职吧。”

我：“那容易，你对薪资有什么要求吗？”

贞木：“我现在的工资是8000嘛，刚刚转行，我也不要求太高，有个五六千块一个月就行。”

我：“五六千块的话，刚开始可能有点难度，在4A公司这也算是小主管的薪资水平了。”

贞木：“那要怎么样才能做小主管？”

我：“那怎么也得有个两三年工作经验，有点业绩让人看见。”

贞木：“那杂志社什么的呢？这个行业你熟的，做个普通的助理，半年一年能升级做编辑的那种。”

我：“半年一年做编辑倒是也不难，不过从助理开始做的话薪水也就1500块一个月，人家叫你干吗你就得干吗。”

贞木好像有点失望：“行吧，反正你帮我留意一下，有消息告诉我。”

我无奈圆场：“好吧，我帮你留意一下。”

后来贞木托了许多朋友帮她找工作，她才发现自己连一份起薪4000元的工作都没办法找到！失望之余，她在男朋友的劝说下，决定自己做生意，两个人在网络上、马路上观望了许久，决定加盟一家手抓饼店。

决定一下，贞木掏出了全部的积蓄，外加跟身边的朋友借的钱，一共凑了20万，盘了一家地段一般、面积不足10平方米的小店，他们请了两个小工，花了半个月简单装修了一下就开始营业了。

刚开业的时候信心满满，贞木白天都在店里帮忙，她的小男朋友在学习表演之余，也会去店里围上围裙，帮着做手抓饼。一时间小店生意红红火火。

一个月后，有人见贞木他们生意不错，以迅雷不及掩耳之势，在同一条街上，人流量最大的路口，开了一家一模一样的店，面积20平方米，装修高调许多，一切细节做得比贞木他们细致到位，每一个手抓饼的价格还比贞木卖得便宜。

这强势竞争一来，又在路口阻截了人流量，贞木的手抓饼店人气便逐渐凋零，到后来连员工都请不起了。贞木又恨又气，几次找路口那家店的老板理论，可人家也是合法经商，贞木丝毫都不能奈何。

没过多久贞木店的营业额就下降到几乎为零。眼看着收入越来越少，可员工工资、店铺租金、水电费，又丝毫不能降低，进过来的原材料不能销售，一点点地腐烂，一袋一袋地扔掉。撑了两个月，实在撑不下去了，贞木无奈之下只好亏本把店面盘了，头头尾尾欠了10万元的外债。

店面的风波刚结束，贞木的男友也刚好修完了表演专业，男孩跟贞木说有一个导演觉得他特别好，那个导演说自己当年捧红了谁谁谁，但他觉得那些明星的条件都不如男孩好，叫男孩去北京跟着他好好发展，誓要在5年内把男孩打造成第二个黄晓明。经过了导演的一番忽悠，男孩几乎没和贞木商量，便下定决心去北京闯一番事业。

两人最后温存了几天，贞木依依不舍地帮男孩打点行囊，离去的时候，男孩抱着贞木说："等我回来。"

贞木流着泪目送男孩走过安检，从此便再也没有了男孩的音信。

－5－

夜店里，免费的香槟仍旧清澈，环绕在每一个角落的音乐仍旧迷离，人来人往，红男绿女仍旧癫狂地欢笑着。常客换了一批又一批，从业者的面孔从熟悉到陌生再到熟悉，这里一切都在不停地改变，不停地淘汰，只有每个人的欲望一成不变。

有那么一两个月，贞木每天上班都把泪水夹杂在香槟的甘甜里，一股脑地灌进肚子，一天又一天，一杯又一杯，她喝光了所有的不甘和泪水。

再后来，她把一切的焦虑和无奈转变为病态的狂欢，青春成了一夜又一夜的烂醉。不同的清晨，不同的男人在贞木身边醒来，醒来后两人互不搭理地各自离去。茶余饭后的闲聊中，贞木对此供认不讳。

－6－

南京东路的小酒馆里，客人寥寥无几。

贞木喝着ZOMBIE："仲尼，你有没有觉得很奇妙？几年前我就是在这里认识的你，那时候我还没去夜店上班，一门心思就想考空姐，你也还没开始到处旅行，一心就想着怎么做好你的创意总监。如今，我仍然没有当上空姐，你所走过的地方也都成了回忆……又坐在了这里，那么多的事情发生了，又好像什么都没有发生一样。”

同样的场景，同样的位置，几年前那个满怀希望的贞木，隐隐和眼前充满无奈的她渐渐重合。岁月走过，悄无声息，带走了一些东西，留下了一些别样，肉眼看去了无痕迹。

我叹息：“将来有什么打算？”

贞木：“没打算了……该试的都试了，也不敢再有打算了。”

贞木沉默了一会儿：“只能趁着年轻，暖场再做几年，省点花钱存点积蓄，等上年纪暖场不需要我了，我就回老家找个男人嫁了，然后一起开家花店、精品店什么的。家里店租便宜，压力不大。”

一句话让我万千感慨，我试着想接一些文艺的语句，好让伤感体面一些，结果憋了半天却憋出了一个笑容：“这次看人得看准点！”

贞木笑着说：“嗯，我要找个傻乎乎的男人，没什么见识的。这样他永远都不会知道这几年我在上海发生过什么。”

我：“嗯，而且要找个长得不好看的，这样你就能一辈子做他的女神。”

贞木笑得花枝招展，就如我们第一次相识的夜晚。

想来几年之后，贞木会选择努力删除一切有关上海的记忆，而那时候上海早已忘记了贞木的点点滴滴。上海就是魔都，多少人怀揣热血选择留在这里，感觉在这里的每一次呼吸，才是这个时代的真理，可当你义无反顾地把青春留在了这里，回过头才发现也许你属于这里，而这里却从不属于你。

贞木有过梦想，她也曾不懈努力，但当她抵达上海的那天起，无论将会经历什么，无论当下做了怎样的决定，每一种可能性的结果，都指向着她终将离去。

我们时常误以为此刻的现状都是自己的选择，其实那只是困境中一再妥协的结局，是注定，谁也逃不掉。

即便我们都知道眼前不是长久之计，即便焦急，即使无奈，可仍看不到将来在哪里，只好得过且过。于是一年一年，一不小心青春就再也找不到痕迹了。

猫　咪

猫只有10年的寿命，其中有三分之二的时间都在睡觉，这意味着一只9岁的猫，只有3年是清醒的，所以当它破坏了家具，弄坏了电脑，请宽容一些原谅它，因为你的生命里会有很多的3年，可以养很多只猫，但它唯一的3年里却只有一个你。

— 1 —

我始终相信，毛毛是我上一世情缘未尽的情人，跟随到这一世相依相惜。

2010年寒冬，零下5℃的夜里冷风刺骨，天上打着闷雷，犹如战鼓般惹人惊悚，非情不得已没有一个人愿意上街。

我趁着雨滴落下来之前裹着睡袍火速下楼，把家里的剩饭菜，送去给菜场门口的流浪猫咪们。

大雨将至，猫朋咪友们都各自躲起来避雨了，没有一个猫出来迎接我。我火速把剩饭菜放在一个雨水不易打湿的位置，便转身要走。

这时候草丛里蹦出一只巴掌大的黄白小猫，毛茸茸的像颗球似的，一颠一颠地朝我跑来。我之前没见过它，想来是刚被遗弃的新生小猫。

小猫吃力地颠到我的脚跟前，丝毫没有理会我刚放下的食物，蹭着我的脚跟就开始打转。我蹲下身来摸了摸它的头，从剩菜里挑了块最软的排骨，用手指搓成碎块递到它的嘴边：“你妈妈呢？快下雨了，快找你妈妈去。”

它嗅了嗅排骨表示毫无兴趣，一脸新奇地绕过我的手指，毫无戒备地用它那颗还没乒乓球大的脑袋蹭了蹭我的衣袖。

路灯昏暗，小猫两只眼睛清澈无邪，它可怜巴巴地望着我。四目相望，灵魂都为之温暖。

街上冷风不息，天空闷雷不止。小猫伸出两只前爪，倚着我的手腕，若无其事地打了个哈欠，小嘴粉嫩，可爱至极，我没忍住溺爱，伸手摸摸它的下巴，它也毫不怕生任我抚摸，闭上眼神情萌入骨髓。

雨滴渐渐掉下来，我收回了手，正犹豫是不是就这么放着它不管，谁知道它仿佛看出了我的犹豫，张开粉嫩的小嘴，朝着我就是一声细长的“喵”，一声萌喵，顷刻间把我彻底征服。

我不再犹豫，一把把小猫放进胸前的衣襟里，火速往家里跑去，这位小公主就这么华丽丽地走进了我的生活。

－2－

毛毛这个名字是它自己给自己起的。

起先我给它取了一个名字叫耶璐·凯特，用的是Yellow Cat的谐音，朋友们纷纷表示高大上，而后这个名字叫了两天，我自己都觉得特费劲，于是就缩短成了小璐。

有一天睡前我和它在床上打闹。

我摸着它的小下巴："小璐呀。"

它煞是老练地看着我，仿佛要纠正我的发音："毛毛。"

我疑惑："小璐？"

它："毛毛！"

我抱着试一试的心态："毛毛？"

它神情满意地："喵!"

我无奈之下又叫了遍："小璐！"

它又露出了纠正发音的表情："毛毛。"

好吧，遵从猫意，以后就叫毛毛好了。

－3－

忘了从什么时候开始，毛毛养成了一个习惯，每天夜里睡觉，它都会跳上我的枕头，把它的小身子蜷成一个巴掌大的小毛球，卧在我的脖子边，屁股顶着我的肩头，然后就开始装睡，我把它拿开，它总是不依不饶又颠回原位。

一开始我很不习惯，为了逃避毛毛黏着我，我试过任何角度的睡姿，甚至倒着睡，但每天醒来，脖子边上总有一颗毛茸茸的小黄球，张着粉嫩的小嘴，肆无忌惮地流着口水。

到后来我习惯了，每每睁开眼，看着清晨的日光照耀着睡得四敞八开的毛毛，有时候甚至觉得尘世间最温暖的事，可能也就莫过于此了吧。

当然偶尔也会在半夜里被它的屁给硬生生熏醒。

—4—

2011年底，毛毛一岁多，平躺着有我小臂那么长了，四肢修长毛发柔滑，从超萌系幼猫，渐渐地出落成了一只带有一丝母性韵味的窈窕少女猫了。

那年的上海下着大雪，我不幸发了高烧，家里只有一人一猫。

那天的我毫无食欲，吃什么都想吐，只是一个劲地喝水，一整天躺在床上神志模糊，分不清是睡着了还是醒着的。

到了深夜，我正在熟睡，毛毛却跳到我的耳边一个劲地唱歌，硬是把我从周公的宴会上拉回了房间里。我不耐烦之余，翻了个身，却感觉到满枕头上散落着些许指甲盖大小的颗粒，我打开床头灯，只见半个枕头上稀稀拉拉地散落了十来颗猫粮。

毛毛见我醒了，兴致勃勃地叼了两颗猫粮放到我的嘴唇上，眨巴着大眼睛看着我，不停地对我喵喵叫，大概是叫我吃点东西。

我被这举动，弄得又生气又好笑，我摸着毛毛的头："这个东西太上火了，我现在不能吃。"

谁知道我话音未落，毛毛就不乐意了，加大了音量冲我喵喵地叫，叫了有一会儿，无奈之下，我从枕头上拿了两颗猫粮放进嘴里，在毛毛严肃的眼神中，煞有介事地开始品味。

我嚼了两口猫粮，那味道就像苏打饼干，但是没什么咸味，我感觉好奇，又吃了两颗，发现红色绿色不同的形状，竟然还有不同的海鲜味和奶味。待我把猫粮咽进肚子里，竟然顿时感觉胃口大开，吃得下东西了！

当时的我也不知道脑子是不是烧坏了，也没想着去弄点别的吃的，只是一股脑地把枕头上那几颗猫粮给吃光了，这还不够，我吃上瘾了竟然想着去厨房多弄几粒猫粮吃吃。

我费力地爬起来，穿上外套，毛毛屁颠屁颠地跟着我来到厨房。我打开了放猫粮的橱子，拿了几颗正准备放进嘴里，才突然想起来这世界上有一种东西叫作泡面。

－5－

2012年底，毛毛两岁，猫步成熟，行动举止典雅端庄，通体雪白金黄的长毛，配合着细长的眼眸，比起《聊斋志异》里的狐狸还要妖艳几分。

那时的我由于工作调动，搬了新家。

搬家当天，我请了家政公司，他们负责搬运所有的家具行李。我两手清闲地把毛毛裹在胸前的大衣里，这小妞从小没怎么出过门，刚上车就吓尿了，到了目的地的时候，它已经挠烂了我内穿的毛衣。

到了新家，我把毛毛放在阳台的角落里，开始忙里忙外地往家里搬东西。晚上8点一切都安顿好了，我突然发现我找不到毛毛了，一下就把我吓坏了。

我安慰自己毛毛一定是怕生，躲在了新家的某一个角落，于是我翻箱倒柜地找遍了整个屋子，却仍旧不见毛毛的猫影。

确定了家中无猫，我便坐下来仔细地回想整个搬家的过程，想来想去觉得唯一的可能性，就是毛毛在搬家的过程中，受到了惊吓，独自跑出了家门。

可能性在脑子里一成立，一瞬间脑海掠过种种画面：毛毛可怜兮兮地在冷风中淋着雨挨饿受冻，被成群的野猫欺负，被恐怖的野狗追杀，被下水道的老鼠嘲笑，被变态的陌生人虐待，骨瘦如柴翻着垃圾，得了猫瘟奄奄一息……想着想着当下我就坐不住了。

我急忙拿着手电筒开始地毯式搜索。

我学着猫叫找遍了整个小区，每一个有可能的角落，每一片草丛，30层高的公寓，两条消防通道，硬生生地搜索了两遍。我们这栋楼所有防盗门和我家类似的门户，被我敲了个遍。

打印了50张寻猫启事，贴遍了整个小区，直到凌晨3点，我实在爬不动楼梯了，手电筒也快没电了，才回到家里。

刚一静下来，想到早上还和我一起起床的毛毛，如今只能存在于我的幻想里了，每一个有关毛毛的回忆，都能让人感到窒息的揪心。

天快亮了，贴在寻猫启事上的号码没有响起，我只能安慰自己：猫各有天命，但愿寻猫启事明天能起作用，或者毛毛福大命大能遇到一个好人家收留它。

正当我思绪混杂之时，只听见一声细小的猫叫从厨房传来，我猛地从沙发上站起来，跑到厨房，只见毛毛孤零零地站在厨房的空地上，毛发凌乱，犹如刚睡醒，眯着眼睛看着我。

那一次我把毛毛抱在怀里，不知怎的就是止不住泪水。

－6－

2013年初，毛毛渐渐地不再像以前那样时刻黏着我，渐渐地只有它开心的时候才跟我互动，而且时间不会超过20分钟就会想要挣脱，然后找一个视线能看得到我的位置，静静地思考猫生，睡觉的位置也从我的脑袋边上换到了床脚。

我尝试了无数种办法，买猫玩具，做猫饭，学猫的样子和毛毛互动，都没能找回遗失的亲昵。

后来查了百度，才知道这是一只猫咪成熟的标志，猫咪一旦成熟了，性情就不可扭转了。

当我明白了原因，心情特别失落，那感觉有点像从小亲昵的小女儿，突然间长大了，不再黏着你身前身后地叫爸爸了，你哄她她也不太爱搭理你。生命顿时空荡荡的，感觉好像少了点什么东西。

有一次我强行抱着毛毛陪我睡觉，一开始它也是亲昵地跟我撒娇，用脖子蹭我的耳朵，差不多20分钟，毛毛就开始挣扎着要离开，我强行地按住它，随着时间越来越久，毛毛的挣扎越来越剧烈。

挣扎中它的爪子不小心挠伤了我，我一下来气了，狠狠地拍了几下它的脑袋。谁知道它也来气了，当我拍第三下的时候，它两只爪子抓着我的手，张口就咬向我的手掌，剧痛从我手心传来，我啊地叫了一声，毛毛被我一声惊叫给吓到了，转身逃窜，不知道在哪个角落躲了起来。

我低头看了看自己的手掌，一个笔芯大小的伤口鲜血直流，当下我就怒了，一个劲地要抓毛毛找它报仇，我追了半天没能抓到它。

手上伤口的血越流越多，我赶紧换了衣服，去医院打了疫苗，消了毒。

我回到家之后，整整两天它看也没看我一眼，一整天就坐在窗台上，眼神忧郁地看着远方，连睡觉都趴在窗台上。

当然我也没有理它，那时候我正在气头上，每天给它很少的猫粮，想要让它知道厉害。

后来我静下心来想想，毕竟是自己不对在先，猫有猫的生活方式，我又不是上帝，怎么能够强求它做什么呢？

想通了这一点，我就开始试着化解冷战，起初我装作没事发生一样，摸了摸毛毛的头，和它一起看着窗外。它也不管我，只是毫无情绪地绕开我的手，从左边的窗台走到右边的窗台，然后坐下，继续凝视远方。

我见方法不奏效，想起了以前毛毛只要听到妙鲜包（一种猫咪零食）包装拆封的声音，便会欣喜若狂地追着我喵喵叫。

于是我若无其事地把猫碗拿到毛毛背后，放了少许猫粮，毛毛仍旧当我不存在。

我拿出妙鲜包故意把拆封的节奏放慢，毛毛仍旧倔着脾气，眺望远方。我拿着已经拆封的妙鲜包，在毛毛面前晃了晃，再把妙鲜包挤到猫碗里。

香味扑鼻，毛毛终于无法淡定，扭头不屑地瞟了我一眼，“喵”，然后就自顾自地吃了起来。

后来的几天，我连续让毛毛吃不同的妙鲜包，虽然毛毛看着我的眼神仍旧很不屑，不过慢慢地它睡觉的位置又从窗台上挪回了床脚。

—7—

我曾经读过一篇文章，大意是这样的：

猫是能感觉到自己即将死亡的动物，当它感觉到生命即将终止的时候，它会趁着主人不注意，把和主人待过的每一个角落走一遍，用这一生和主人在一起的温暖回忆，来坚定面对死亡的勇气。猫有灵性，它知道它的离去会让主人伤心，所以在生命的最后几个小时，它会选择偷偷地离家出走，待在一个主人找不到的角落里，等待生命结束。

2013年中，毛毛突然食欲不振，上吐下泻，我火速带着它去了宠物医院。医生告诉我毛毛得了肠炎，一连三天，又是打针又是吊瓶，疗程结束以后，过了一个多礼拜却仍不见病情好转。

我质问兽医，他说这种情况应该是小猫在出娘胎的时候就没有得到好好照顾，身体底子不好，抵抗力差，扛不住小灾小病，眼下所有能用的办法都用了，能不能熬过去就要看毛毛自己的造化了。

那段时间我跟公司请了假，专门待在家里照顾毛毛，按照医生交代的，每天给它做鲜鱼，清水煮鸡肝，来给毛毛补充营养增强身体抵抗力，而毛毛仍旧是食欲不振，吃不了一点儿就跳到床上去睡觉。

随着毛毛睡眠时间越来越长，我几乎寸步不敢离开它身边，生怕它不辞而别离家出走，之后我就再也见不到它了。

一天夜里，我做了一条完整的鱼，放在毛毛的猫碗里，毛毛随意舔了两口就回到了床上。我看毛毛没什么食欲，我的心情也就跟着低落，只好抱着毛毛一起躺在床上，一人一猫一起沉沉睡去。睡梦中我摸摸怀里，空空的，摸不到毛毛的身体，我猛然间惊醒。我找遍了家里都不见猫影。

来到厨房，我看到我刚给毛毛做的那条鱼，被完整地放在我吃饭的碗里。

我愣愣地看着我碗里的鱼，想起之前看过的那篇文章，泪水一下就决堤了，想来毛毛一定是知道自己的生命就快到了尽头，偷偷地跳出窗户，躲在某一个我看不见的角落里，永远地睡去了。

我看着鱼，心里想着这傻妞连临行饭都留给了我，黄泉路上挨了饿谁来喂你?

我虽然毫无食欲，但仍旧抽泣着用尽全身的力气吃完了毛毛叼给我的鱼，毕竟这是毛毛留给我最后的心意。

整整一夜，我睁着眼闭着眼都停不下有关毛毛的画面，最后实在受不了了，颤抖着吃了两颗安眠药才勉强睡着。

熟睡中我昏昏沉沉地闻到了一股极臭的屁味，我随手打开昏暗的小灯，我看见毛毛就像小时候一样躺在我的枕头边。那一刻我的心情又是温暖又是悲伤。

毛毛的猫灵一定怕我寂寞，所以来到了我的梦里陪我，我含着泪看着毛毛，我甚至不敢太用力呼吸，怕梦就这么醒了，再相见又不知是哪一个年月。

毛毛翻了个身，蒙眬地张开双眼看着我，见我眼含泪光地满脸傻笑，毛毛满脸不屑地伸了个懒腰，跳下床就往房门外去。我生怕毛毛走出了房间门就会从我的梦境里化为虚无，当下十万火急地起身就要追出去，谁知道起床的动作太猛，左膝盖以百斤之力磕到了床脚，一阵剧痛让我差点儿没飙出泪来，我忍着剧痛一步一步往房门外跳去，跳着跳着越想越不对！咦？在梦里怎么会痛呢？

天哪，我这不是在梦里！

我狠狠扇了自己两巴掌，又确定了几遍我没在做梦，当下疯了一样朝毛毛的猫厕所跑去，我欣喜若狂地打开猫厕所门，力度之大，毛毛吓得一哆嗦，还黏在肛门上的半条屎，被我吓得硬生生地憋了回去。

不管脏不脏臭不臭了，我歇斯底里地把毛毛捧在怀里，又哭又笑："毛毛！你真的是毛毛吗！请你以后不要再这样悄无声息地离去！你吓死我了你知道吗？没有你的日子，我一人承受不来！"

毛毛像看白痴一样看着我，挣扎着从我怀里蹦了出去，背对着我往前走了两步，眯着不屑的小猫眼，回头瞥了我一眼，那表情仿佛在说："都大人了，还这么幼稚，你以为你马景涛吗？"

然后尾巴一摇一摆地走进猫厕所，继续拉屎去了。

－8－

有人说养猫的男人会越来越像猫，这点我深有体会。

毛毛喜欢睡觉，可以在任意时刻、任意位置突然睡着，仿佛生怕错过任何一丝睡意。

后来我也习惯了抓住睡意就睡的生活模式，曾经我在某一个下午的回家路上，突然困了，就把车停在路边，一觉睡到了第二天清晨，醒来的时候，挡风玻璃上贴着一张交警的罚单。那天之后我觉得抓住睡意就睡，才是最科学的生活方式，于是在办公室里弄了一张简易床，家里看电视的沙发也换成了可伸缩的睡眠沙发，车的后座上备了一床毯子和一个眼罩，开始生怕错过一丝睡意的生活。

毛毛和我互动撒娇不会超过20分钟，而后就逃离我的怀抱，做它想做的事情去了，但只要我在家，无论它做什么，都会确保我在它的视线之内它才能安心。我试过好几次趁毛毛不注意，换个房间待着，过不了多久毛毛就会屁颠屁颠地到处找我，直到找到我了，就过来蹭蹭我，然后找一个看得到我的位置，继续低头做自己的事情。

不知道为什么，后来我渐渐地无法和朋友，甚至相互喜欢的人太过长时间地无目的相处，总觉得聚会吃饭聊天，一个下午时间，恰当；再加一晚光阴，圆满；再久了，就难免嘈杂。与其如此，我宁愿待在随时可以见到你的地方，静静地想着你，太想你了就去看，你不在身边的时候，就用心去体会心里对你的爱意。

每当家里来客人的时候，毛毛都会远远地观察这个人，如果这个人声音它不讨厌，外形它又看着顺眼的话，就会过去嗅一嗅这个人的味道。如果三关都通过了，他就能有幸成为毛毛的自己人，从此再不避讳，但如果毛毛觉得不喜欢这个人，就会以闪电的速度，扭头找个角落藏得严严实实，而后这个人无论来家里几次，都不可能再见到毛毛了。

久而久之，我慢慢失去了跟谁都能相谈甚欢、打成一片的技能了。在一些公众场合，遇到气场不对的人，若是迫不得已产生了对话，我只能浑身不自在地礼貌性地回应人家，然后抓住任何一个可以回避的机会，逃之夭夭，尽量不要在他面前出现，或者目光产生对视。

我曾经买了一条绳子，异想天开地想带毛毛下楼遛弯，谁知道绳子刚绑好，毛毛立刻趴在地上动都不动，就像一块抹布一样，宁愿被拖着走，也不肯站起来；我给毛毛买过猫床，但它至今没有在上面睡超过10分钟；我也试过训练它站着走路什么的，到后来发现这一切都是异想天开，猫有猫意，人力不可强求。

不经意地，我开始回避各种各样的酒局、各种各样的派对，不再陪女孩子看我不想看的电影，不会为了工作需要了解大众品位，去看我不感兴趣的综艺节目和狗血电视剧，而这一切都是已经形成习惯之后，我才猛然间发现的，无关宽容和理解，我只是习惯了在大多数非必要性的抉择上，选择更加倾向于尊重我自己的意愿。

许多朋友说毛毛跟我生活久了，连眼神、行为举止、五官都跟我越来越像了。

其实我知道，是我越来越像它了。

－9－

如果你决定收养一只猫，那就请你养它一辈子，因为习惯了家养的猫，会渐渐地丧失独自生存的能力。如果你因为种种原因决定将它放生，那就相当于把一个没出过城市的孩子扔进森林里，那孩子有一千种可能，会死在那里。

猫不会和人过度地亲密，那不是它不爱你，而是它有自己的方式陪伴着你。

猫只有10年的寿命，其中有三分之二的时间都在睡觉，这意味着一只9岁的猫，只有3年是清醒的，所以当它破坏了家具，弄坏了电脑，请宽容一些原谅它，因为你的生命里会有很多的3年，可以养很多只猫，但它唯一的3年里却只有一个你。

猫醒着的时候，会花三分之一的时间来清理毛发，比大多数的人爱干净，所以如果可以，请打开房门，让猫进到有空调的屋子里，和你一起睡在被子里。它比谁都爱睡觉，如果它睡得温馨舒适的话，它绝对不会有多余的精力来吵醒你。

人类和猫的大脑，负责情绪的区域是相同的，因此我们有的情绪，它们都有，这就是为什么世界各地有关猫的传说，都免不了提及灵性，所以不要把猫当作奴隶或者玩物。如果可以，请把它当作一个朋友、一个伴侣，相信有一天，它会走进你的心里。

图书在版编目（CIP）数据

谢谢你曾来过我的世界 / 仲尼著. — 北京：中国华侨出版社，2017.2
ISBN 978-7-5113-6635-1

Ⅰ. ①谢… Ⅱ. ①仲… Ⅲ. ①散文集－中国－当代 Ⅳ. ①I267

中国版本图书馆CIP数据核字（2017）第020751号

谢谢你曾来过我的世界

著　　者：仲　尼
出 版 人：方　鸣
责任编辑：泰　然
封面设计：46设计
排版制作：刘珍珍
经　　销：新华书店
开　　本：880mm × 1230mm　1/32　印张：8　字数：185千字
印　　刷：北京嘉业印刷厂
版　　次：2017年4月第1版　2017年4月第1次印刷
书　　号：ISBN 978-7-5113-6635-1
定　　价：38.00元

中国华侨出版社 北京市朝阳区静安里26号通成达大厦3层　邮编：100028
法律顾问：陈鹰律师事务所
发 行 部：（010）82068999　传真：（010）82069000
网　　址：www.oveaschin.com
E-mail：oveaschin@sina.com